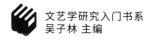

文艺学研究入门书系
吴子林 主编

文学基本理论

吴子林◎著

浙江工商大学出版社 | 杭州
ZHEJIANG GONGSHANG UNIVERSITY PRESS

图书在版编目（CIP）数据

文学基本理论 / 吴子林著. -- 杭州 ：浙江工商大学出版社，2025. 5. --（文艺学研究入门书系 / 吴子林主编）. -- ISBN 978-7-5178-6347-2

Ⅰ. I0

中国国家版本馆 CIP 数据核字第 2025YP9929 号

文学基本理论
WENXUE JIBEN LILUN

吴子林 著

出 品 人	郑英龙	
策　　划	任晓燕　陈丽霞	
责任编辑	任晓燕　何海峰	
责任校对	胡辰怡	
封面设计	朱嘉怡	
责任印制	屈　皓	
出版发行	浙江工商大学出版社	
	（杭州市教工路 198 号　邮政编码 310012）	
	（E-mail：zjgsupress@163.com）	
	（网址：http://www.zjgsupress.com）	
	电话：0571-88904980，88831806（传真）	
排　　版	杭州浙信文化传播有限公司	
印　　刷	杭州高腾印务有限公司	
开　　本	880 mm × 1230 mm　1/32	
印　　张	7.375	
字　　数	131 千	
版印次	2025 年 5 月第 1 版　2025 年 5 月第 1 次印刷	
书　　号	ISBN 978-7-5178-6347-2	
定　　价	38.00 元	

总　序

主编这套书系的动机十分朴素。

文艺学在文学研究中一直居于领军地位，对于文学研究的各个领域有着重要的方法论意义。然而，真正了解文艺学研究现状及其态势者并不多。出于实用主义的考虑，大多数文学专业的本科生、研究生并未能较为深入地理解和把握"批评的武器"。为了满足广大文学爱好者、研究者的理论需求，我们组织编写了这套"文艺学研究入门书系"。

"文艺学研究入门书系"共 10 本，分别是《马克思主义文学理论》《文学基本理论》《中国古代文论》《西方文论》《比较诗学》《文艺美学》《艺术叙事学》《网络文学》《媒介文化》《文化研究》。这套书系的作者都是学界的中坚力量，他们在各自的领域深耕细作数十年，对其中的基本概念、范畴、命题，以及研究论题、研究路径、发展方向等都了如指掌，并有自己独到的见地。

"文艺学研究入门书系"旨在提供一个开放的思想／理论空间，每本书都在各章精心设计了"研讨专题"，还有相关的"拓展研读",以备文学爱好者、研究者进一步阅读、探究之需,以期激活、提升其批判性的理论思维能力。

"文艺学研究入门书系"重视理论的指导性与实践性,在叙述上力求简明扼要、深入浅出,努力倡导一种学术性的理论对话,在阐释各种理论的过程中,凸显自己的"独得之秘"。

我希望"文艺学研究入门书系"的编写、出版对广大文学爱好者、研究者有所助益。让我们以昂扬奋发的姿态投身于这个沸腾的时代,用自己的双手和才智开创文艺学研究的美好未来。

是为序。

吴子林

2024 年 5 月 22 日于北京不厌居

目　录 //*Contents*

第一章

/Chapter 1/

文学

• • • • • • • •

早在 1997 年，美国文艺理论家乔纳森·卡勒就在《文学理论入门》一书中同时提出了两个基本的文学理论问题："什么是理论"（What is Theory）和"什么是文学"（What is Literature）。卡勒将"理论"和"文学"这两个概念作为问题先后提出来，在一定程度上表明"理论"与"文学"之间有着某种内在的逻辑关联。

德勒兹指出："哲学是一门形成、发明和制造概念的艺术。""哲学的问题就是一个把概念和创造联系起来的数学奇点。"①在德勒兹看来，概念不是给定的，而是被创造出来的；凡是真正的创造物，都享有一种自我设定，或者说具备一种自创性的特点——概念越是富于创造性，其自我设定的程度就越高，每一个概念都按照自己的方式对事件加以剪裁和重新剪裁。"一个概念之所以比以往的概念'更好'，是因为它能够让我们

---

① 吉尔·德勒兹、菲力克斯·迦塔利：《什么是哲学?》，张祖建译，湖南文艺出版社 2007 年版，第 201 页，第 214 页。

对新的变式和尚未被了解的共振现象有所意识，能够作出不合惯例的切入，引出某个飞掠我们而过的事件。"[①] 当然，过往的概念也可以在具体的问题里得到重新启动，获得起死回生之力，并启发那些有必要创造的概念。作为一个非实体性存在的概念，"文学"就是这样不断以旧瓶装新酒、超越旧有内涵的概念，中西"文学"概念都有一部自己的历史，了解这段历史有益于我们理解文化多样性的意蕴，抓住其形形色色的根源。

① 吉尔·德勒兹、菲力克斯·迦塔利：《什么是哲学？》，张祖建译，湖南文艺出版社2007年版，第237页。

第一节⋮
中国"文学"概念小史⋮

　　中国的"文学"概念史也有一个漫长的演变历程。①古代汉语多以单字为独立表述单位，两个单字组成的词则相对不多。在中国"文"是最复杂也是最重要的一个字，其本义从《易经》的"物相杂，故曰文"，到《说文》的"文，错画也，象交文"等，都有丰富形象的解释。任何东西，只要间杂交错，就构成了"文"。故古人说："物一无文。"至迟在殷周之际，"文"成为最高最好的一个字。如，《国语·周语》韦昭注："文者，德之总名也。"《说苑·修文》："文，德之至也。"《广韵·文韵》："文，美也，善也。"凡有字者，皆谓之"文"，故"文"泛指文化与学术。

　　"文学"一词最早见于《论语·先进》，与"德行""言语""政事"并列云："文学：子游、子夏。"范宁注云："文学，谓善先王典文。"皇侃承之云："文学指博学古文。"②也

---

　　①　本节参考钟少华：《中文概念史论》，中国国际广播出版社 2012 年版，第 33—51 页。
　　②　皇侃撰，高尚榘校点：《论语义疏》卷 6，中华书局 2013 年版，第 267—268 页。

就是说，"文学"泛指古代流传下来的文献，精通者可称为文学之士，如子游、子夏。在孔子的心目中，儒家"六艺"可当作"文学"的杰出代表。《论语·述而》云："子以四教：文、行、忠、信。"李充释曰："其典籍辞义谓之文。"先秦之"文学"的词义与欧洲中世纪之后浪漫主义兴起之前英文"literature"、法文"littérature"、拉丁文"litteratura"的词义——"通过阅读所得到的高雅知识"①——大致相同。

　　两汉时期，"文"与"学"分而论之，有文采的作品称为"文"或"文章"，学术著作则称作"学"或"文学"。《汉书·公孙弘卜式倪宽传赞》云："汉之得人，于兹为盛。儒雅则公孙弘、董仲舒、倪宽……文章则司马迁、相如。"②这里，"文章"与"儒雅"相对，就是"文"与"学"相对。《汉书》以"艺文"置换"文学"，在班固所整理的文献中，"六艺"代表"学"，也就是"艺"，"诗赋"代表"文"，而"诸子"则介于"学"与"文"之间。自"艺文"之后，至《隋书》而再立"经籍"之名，也是用以括称所有文献。从此以后，历代或一代文献的总称就多为"艺文""经籍"，以及后来的"文献""四库"或"古今图书"等，再也不用"文学"一词。

---

① 雷蒙·威廉斯：《关键词：文化与社会的词汇》，刘建基译，生活·读书·新知三联书店 2005 年版，第 268 页。
② 班固：《汉书》，中华书局 1962 年版，第 2634 页。

　　魏晋南北朝时期，类似现代人的文学作品概念，多以"文"或"文章"来总称，学术著作则称为"经学""玄学""史学"。沈约提出，只有对"音律调韵"有充分认识和把握，写出的作品才谈得上"文"："若前有浮声，则后须切响。一简之内，音韵尽殊；两句之中，轻重悉异。妙达此旨，始可言文。"陆机特别重视为文之法式，其《文赋》云："普辞条与文律，良余膺之所服。"钟嵘《诗品序》亦云："至若诗之为技，较尔可知。"在《文心雕龙》中，"文"作为术语出现 516 次，可谓《文心雕龙》的第一术语。"道沿圣以垂文，圣因文而明道"（《原道》），在刘勰看来，将道圣经文、天地神人完全打通，才能"洞性灵之奥区，极文章之骨髓"（《宗经》）。刘勰云："圣贤书辞，总称文章，非采而何?"（《情采》）"予以为发口为言，属笔曰翰。"（《总术》）"翰"原指翠鸟的羽毛，晋以来常借此形容富有文采的作品。为此，刘勰撰写了《总术》篇强调掌握（总）文术（术）的重要性。由于魏晋以来各体文章涌现，而有所谓"文""笔"之分："'笔'重在知，'文'重在情；'笔'重在应用，'文'重在美感。"[①]

　　以语言形式上的要求判定"文"与"非文"，一直延续

---

① 　郭绍虞：《中国文学批评史》上卷，百花文艺出版社 1999 年版，第 5 页。

到初、盛唐时代，仍然从形文和声文方面衡量。如，《文笔式》云："名之曰文，皆附之于韵。韵之字类，事甚区分。缉句成章，不可违越。若令义虽可取，韵弗相依，则犹举足而失路，弄掌而乖节矣。"上官仪《笔札华梁》云："在于文章，皆须对属。其不对者，止得一处二处有之。若以不对为常，则非复文章（若常不对，则与俗之言无异）。"①自中唐到南宋，问题的重心转移到区分伟大的文学和一般的文学，也就是从"文学是什么"转移到"文学应是什么"，具体落实在"文道合一"，强调"文"作"进乎技"而上升至"道"的努力，这关乎文学的崇高。如，韩愈提出"文道合流"的观念，朱熹《论语集注》曰"道之显者谓之文，盖礼乐制度之谓"，周敦颐则提出"文以载道"。在"文道合一"观念的作用下，宋末元初出现了"六经皆文"的观念，如，方回说："古之经皆文也，皆诗也。"②所谓"古之经"即"六经"。"文章"与"博学"混一，"文学"则等同"学术"总称。一直到清朝前期，上层知识分子基本延续了这种混一观念，"文学"含义相当混乱。如，钱谦益说："三百篇，诗之祖也……

---

① 张伯伟编著：《全唐五代诗格汇考》，江苏古籍出版社 2002 年版，第 97 页、第 67 页。
② 方回：《赠邵山甫学说》，《桐江续集》卷 30，景印文渊阁《四库全书》第 1193 册，第 634 页。

六经，文之祖也。"① 袁枚说："六经，文之始也。"②

据意大利学者马西尼的说法，最早将"literature"用汉语"文学"对译的是意大利传教士艾儒略，他在 1623 年译制的《职方外纪》一书中，用到"欧罗巴诸国尚文学"一语。其后，魏源在《海国图志》（1844）中提及马礼逊也曾将"文字"与"文学"对举。马西尼指出："由于 19 世纪此词已以'literature'之意来使用了，所以不应该把它看成是日语借词；然而在 19 世纪末至 20 世纪初，日本对此词在汉语中的传播，肯定起过很大的作用。"③

1823 年，英国人马礼逊在澳门编辑出版《英华字典》，给予中西两方一个相互交流的新平台。马礼逊将"literary exercises"译为"文艺"，将"poetry"译为"诗学"，将"novel"译为"小说"，这些对译将中国"文学"的许多内涵与西方的知识系统挂上了钩。

1866 年，英国人罗存德在香港编辑出版《英华字典》，他将"literature"对译成"文学"，也将"novel"对译成"小说"。明治时期，日本人所认知的"文学"，由传统上跟随中国观念转变成跟随西方概念；其间出版的近 50 部工具书中

---

① 钱谦益：《牧斋初学集》，钱曾笺注，钱仲联校，上海古籍出版社 1985 年版，第 826 页。
② 袁枚：《小仓山房文集》第 3 册，周本淳标校，上海古籍出版社 1988 年版，第 1544 页。
③ 马西尼：《现代汉语词汇的形成——十九世纪汉语外来词研究》，黄河清译，汉语大词典出版社 1997 年版，第 250 页。

"文学"的条目都与英文"literature"对译，广义指包括哲学、伦理、言语、修辞、历史、教育、宗教等许多学问的总称，狭义则特指诗歌、文章、小说、戏曲等。

维新变法前后，大批留学生到日本学习，将日本的新文化"搬运"回来。梁启超的《论小说与群治之关系》（1902）、鲁迅的《摩罗诗力说》（1907）、王国维的《文学小言》（1908）、章太炎的《文学总略》（1910）等，使"文学"在中国变成一个全新的热点，以推动中国的进步变革。清末王葆心、黄摩西等人撰写的中国文学史著作，还有一些百科辞书、文学工具书（如黄摩西编的《普通百科新大辞典》）等，都参照已知的西方"文学"概念讨论了"文学"的定义，从理论上开始梳理自己的思想，展开关于"文学理论"方向性问题的讨论。"文学"在古代汉语中经历了长时间的内涵变化，终于在19世纪开始与西方"文学"概念接轨；到了19世纪末之后，由于"语言艺术"概念的引进，诗、小说、戏曲被纳入"文学"概念的语义之中；而20世纪五四新文学运动则为"文学"概念的形成提供了一个实践的机遇，"文学"最终脱胎换骨，完成了与西方"文学"概念的榫合。

从魏晋到中唐，文学概念中的核心问题是区分"文"与"非文"，判断标准落实在"为文之法式"，集中在"声"与"形"，即声律和对偶。元代以下，又析出"诗"与"文"的区别，逐渐形成类似"纯文学"的概念。17世纪欧洲传教士首先将"文学"对译为"literature"，影响到日本以"文学"对译19世纪中叶以下的"literature"概念，这一译名反过来又在中国广泛传播。用鲁迅的话说，"现在新派一点的叫'文学'，这不是从'文学子游子夏'上割下来的，是从日本输入，他们的对于英文literature的译名"①。钱锺书指出："在传统的批评上，我们没有'文学'这个综合的概念，我们所有的只是'诗''文''词''曲'这许多零碎的门类。……'诗'是'诗'，'文'是'文'，分茅设蕝，各有各的规律和使命。"②

特别值得重视的，是章太炎对"文学"的定义："文学者，以有文字著于竹帛，故谓之文；论其法式，谓之文学。"③章太炎在日本时关心吸收西洋新学，强调"今中国之不可委心远西，犹远西之不可委心中国也"，特别提及"言文歌诗，彼是不能相贸者矣"④。章太炎的文学定义具有两大"异彩"：第一是打破了狭隘的文学天地，有助于挣脱"纯文学"观念的作茧自缚，又可与近50年来欧美的文学概念对话；第二

① 鲁迅：《门外文谈》，《且介亭杂文》，人民文学出版社2005年版，第96页。
② 钱锺书：《中国新文学的源流》，《写在人生边上 人生边上的边上 石语》，生活·读书·新知三联书店2007年版，第184页。
③ 章太炎撰：《国故论衡疏证》，庞俊、郭诚永疏证，中华书局2011年版，第340页。
④ 章太炎撰：《国故论衡疏证》，庞俊、郭诚永疏证，中华书局2011年版，第655页、第660页。

是将文学研究纳入文学范围，不仅结合了"什么是文学"和"怎样研究文学"，而且引申出文学活动不是由作者和作品垄断的，"研究"也不是"创作"的附庸的意涵。①

---

① 参见张伯伟：《重审中国的"文学"概念》，《中山大学学报（社会科学版）》2021 年第 4 期。

第二节 ·
:
西方"文学"概念小史 ·

"文学"的英文"literature"一词源自拉丁文"litera"
（字母），多指"书写技巧"，即希腊语的"γραμματική"（文
法）。① 古罗马使用这个词时，包含了文法、文字、文学三种
意思。到 14 世纪，"literature"开始出现在英语著作里，15
世纪其对应的形容词"literate"开始被使用。

16 世纪，"文学"的语义发生了重要移位，摆脱了它同
"字母"或"文字"的固定关系，扩展为"学识""学问"或
"书本知识"，后来泛指"知识整体"。如弗朗西斯·培根在
《学术的推进》一书中表示，想要了解《圣经》就需要足够
的学识（Sufficient Literature），"literature"在此是"学识"
的意思。17 世纪，形容词"literary"取代了 15 世纪使用的
"literate"，主要表示"知识渊博的"或"有读写能力的"，名
词"literature"仍沿用 16 世纪以来的词义。

---

① 本节对西方"文学"的考辨，参考方维规：《西方"文学"概念考略及订误》，
《读书》2014 年第 5 期；高慧霞：《西方"文学"概念小史》，《滨州学院学报》2021
年第 3 期。

　　由于拉丁语长期作为学者语言，进入18世纪，欧洲学者开始对"文学"概念展开专门的讨论。彼时，"文学"一词依然具有浓重的、无所不包的"百科"倾向，如，亨利·哈莱姆（Henry Hallam）撰写了《十五、十六、十七世纪欧洲文学导论》，其中的"文学"就包括神学、数学、法律等方面的知识。伊格尔顿指出："在18世纪的英国，文学这一概念并不像今天有些时候那样，仅限于'创造性'或者'想象性'作品。它意味着社会中被赋予价值的全部作品：诗，以及哲学、历史、随笔和书信。"①

　　18世纪的"文学"概念呈现为多层面的同音异义词：其一，"学识"或"博学"（拉丁语"scientia litterarum"，"知文达理"之意）；其二，研究修辞格和诗学，兼及语文学和史学的学术门类；其三，文献索引；其四，所有书写物，其中又细分出"美文学"，即法语"belle littérature"——这种向"美文学"的倾斜和词义收缩，尤其发生于18世纪下半叶，最迟至19世纪30年代，"学识""学术门类""文献索引"等含义逐渐式微，后来的"文学"词义初现雏形。过往的"所有书写物"，随语境而转化为"分门别类的所有书写物"；而在语文学或文学史语境中，则指"所有文学文

---

① 特里·伊格尔顿：《二十世纪西方文学理论》纪念版，伍晓明译，北京大学出版社2018年版，第17页。

本"：凡基于文字的记录、写本、书籍等皆属"文学"。在
19世纪之前，在其他欧洲语言中和"literature"这个词相
似的词指的是"著作"或"书本知识"，故至今法语仍然用
"littérature"这个词来表达"高才"之意。20世纪以来的
"文学"概念基本沿用了19世纪的成果。

　　显然，从概念史的角度而言，将当今"文学"概念用
于前现代或中世纪作品，是后世人们的建构；彼时探讨所
谓"文学"文本，不管其称谓如何，都尚未形成与后世"文
学"相匹配的概念。正如方维规所指出，17世纪及18世纪
上半叶，英、法、德之"poetry"，"poésie"，"poesie"，仍
然集"诗作"和"作诗"于一词；只是在创作和作品被区分
之后，即18世纪中期修辞学与美学分离之后，"poetry"才
被看作诗歌作品，近代文学概念才随之产生。嗣后，"文学"
这一概念的发展有两个向度，凸显出"文学"的广义和狭义
之分：其一，书写物之总称，囊括所有"文献"，这一范畴
见之于里维、代庸狄埃、克莱曼斯合著的《法国文学史》（12
卷，1733/63）；其二，富有诗性亦即文学性的作品，见之于
胡贝尔的《日耳曼文学作品选编》（4卷，1766）及埃贝林
的《德意志文学简史》（1767/68）、沃顿的《英国文学史》
（3卷，1774/81），尤其是德意志土地上的第一部重要文学
史著作——盖尔维努斯的《德意志民族诗性文学史》（5卷，
1836/42，自第五版［1853］起更名为《德意志文学史》）。

罗伯·波普指出："事实上，仅仅是从18世纪晚期到19世纪早期，'文学'的含义才变得与其流行的占主导地位的意义一样狭窄——一种有关明确的美学思想的创造性或想象性写作。"[①]19世纪以来，随着人的认知的不断深化和学术分科的细化，学科在整体上呈现出分门别类的趋势。与之相应的是，"文学"的范畴也由知识整体缩小到了一门学科。因此，埃斯卡皮认为，文学科学是"文学"的一种特殊定义。伊格尔顿也认为："'文学'（Literature）一词的现代意义直到19世纪才真正出现。这种意义上的文学是晚近的历史现象：它是大约18世纪末的发明，因此乔叟甚至蒲伯都一定还会觉得它极其陌生。首先发生的情况是文学范畴的狭窄化，它被缩小到所谓'创造性'或'想象性'作品之上。"[②]

值得一提的是，在整个19世纪，"literature"的诸多含义仍同时并存，现代"文学"概念远未占据主导地位；"English literature"中赫赫有名者，即便在19世纪初期英国人的心目中，其代表竟是物理学家牛顿爵士和医生洛克。狭义文学概念的关涉范围依然模糊不清、游移不定。于是，欧洲各种文学史的考查对象既有虚构作品，亦有许多其他类型的著作，取舍由文学史作者对作品之重要性的看法而定。模

---

① Rob Pope, *The English Studies Book: An Introduction to Language Literature and Culture*, 2nd ed., London and New York: Routledge, 2002, p.60.
② 特里·伊格尔顿：《二十世纪西方文学理论》纪念版，伍晓明译，北京大学出版社2018年版，第18页。

糊的界线导致两种取向：哲学领域的美学探讨，多半避免使用 "literature" 一词，而使用相对明确的 "poetry"，即大家熟知的 "诗学""诗艺" 概念，尽管它无法涵盖所有富有诗性或文学性的作品。如巴赫金的《陀思妥耶夫斯基的诗学问题》研究的是小说理论，乔纳森·卡勒的《结构主义诗学》研究的是一种叙事理论。语文学和文学史编纂的取向，则是实用主义的，由趣味、习惯和传统来决定狭义文学概念的范围。①

雷蒙·威廉斯指出，20 世纪后半叶，"literature" 一词一直持续不断遭受来自 "writing"（书写）与 "communi-cation"（传播）概念挑战的原因，正是 "试图恢复那些被狭义的 literature 所排除的普遍通用之意涵"②。在贝内迪克特·耶辛和拉尔夫·克南合著的《文学学导论》（2007）里，"文学的体裁类型" 已经从传统的抒情诗、戏剧、叙事散文（小说）扩展到书信、日记、自传、游记、新闻报道、论说文甚至天气预报和广告等，原因就是，"在各种不同文学理论和美学纲领潮流的影响下，20 世纪出现了文学概念的扩大化"，"在 20 世纪 70 年代之后，应用文本日益成为文学学研

----

① 参见方维规：《西方 "文学" 概念考略及订误》，《读书》2014 年第 5 期。
② 参见雷蒙·威廉斯：《关键词：文化与社会的词汇》，刘建基译，生活·读书·新知三联书店 2005 年版，第 274 页。

究的对象"①。恰如乔纳森·卡勒所言，"文学就是一个特定的社会认为是文学的任何作品，也就是由文化权威们认定可以算作文学作品的任何文本"；它"不是具体的特性，而只说明不同的社会群体对它的不断变化的标准"②。

① 贝内迪克特·耶辛、拉尔夫·克南:《文学学导论》，王建、徐畅译，北京大学出版社2016年版，第115页、第123页。
② 乔纳森·卡勒:《文学理论入门》，李平译，译林出版社2008年版，第23页。

第三节
诗学－文论－文学理论

　　显然，"文学"是一个其含义处于不断变化中的概念，想一劳永逸地提供某种终极的定义是徒劳的。乔纳森·卡勒指出："通过谈论文学是什么，批评家们推广了一些他们认为最适当的批评方法，摒弃了另外一些据称是无视文学之最基本和最特殊方面……的批评方法。问'文学是什么'实际上是在论争应当如何研究文学。"①

　　1922 年，胡适认为章太炎的《国故论衡》为有史以来堪称"著作"的七八部书之一，赞赏其文学定义"推翻古来一切狭陋的'文'论"，且能"实行不分文辞与学说"②。不过，胡适看重章氏的文学定义，也只因该定义可以为他鼓吹的白话文学铺平道路，却未见得理解其意义。胡适的《文学改良刍议》和陈独秀的《文学革命论》所谓的"文学"，却是对西方"literature"概念的移用；而章氏的"文学"定义是参

① 乔纳森·卡勒:《理论中的文学》，徐亮、王冠雷、于嘉龙等译，华东师范大学出版社 2019 年版，第 21 页。
② 参见胡适:《胡适文存二集》(卷二)，影印本，外文出版社 2013 年版，第 147—149 页。

照、反省中西文学概念之后而提出的，它反对以有韵无韵区分，反对以学说文辞区分；凡一切以文字呈现者皆名为"文学"，白话的、口头的、民间的都在其中，这接近于中国周秦时代和欧洲 19 世纪以前的文学概念，且契合了最近 50 年来西方学界对文学边界的理解。结合章太炎"文学"定义中的下一句话"论其法式，谓之文学"来思考，能够成为我们研究对象的"文学"，不仅要研究作者要表达的，还要研究如何表达，而"如何表达"则与特定的法式联系在一起。这是 2000 多年来中国文学的"现实"，即以作者的"文心"作为研究的"核心"。

乔纳森·卡勒指出："知识的进步不必取决于新理论家和新理论的发现……挑战在于通过激活旧的思想家，重新审视理论正典，为思想提供新的路线。"[①] 伊格尔顿也斩钉截铁地说："激进文学批评的口号是清楚的：走向古代!"[②] 通过对旧有理论概念、范畴、命题的"激活"，进一步重新思考应当"如何研究文学"，可能是更为重要和现实的问题。在这个意义上，可以说"传统即现代"!

中西"文学"概念简史表明：中国古代的诗论、词论、曲论、诗文评等无法用"诗学"来指称，而只能用"文论"

① 乔纳森·卡勒：《理论中的文学》，徐亮、王冠雷、于嘉龙等译，华东师范大学出版社 2019 年版，中文版序言《当下的理论》，第 2—3 页。
② 特里·伊格尔顿：《如何读诗》，陈太胜译，北京大学出版社 2016 年版，第 21 页。

来总称；"诗学"则可用以总称西方关于文学的批评、理论，包括"诗艺""美学""原理"等等。"文论"和"诗学"是各有所指的"专名"，它们分别标识出了前全球化时代中西"文学理论"的差异。中国"文论"的"文"与西方"诗学"之"诗"指述两大意识系统的意向对象，同时也指述两大思想话语的论述对象。此一对象的不同建构与设定规约着"文论"与"诗学"不同的结构路向，从而导致了根本的"结构性差异"①。具言之，中国"文论"的研究对象是作为"群言"的"文"，即一切言述文本，其所指述的概念大致与西方"文学"（Literature）之广义对等；而广义的"Literature"并非西方"诗学"的研究对象，西方"诗学"的对象是狭义的 Literature 或美的文学（Fine Literature），即一部分以审美为目标的言述文本，如诗歌、戏剧、小说等。以"诗"为例，西方"诗学"中的"诗"有广义、狭义之分。广义的"诗"包括史诗、戏剧诗、抒情诗，它与后世狭义的"文学"概念大体相当：史诗→小说，戏剧诗→戏剧，抒情诗→诗。中国"文论"中的"诗"则大体等同于西方"诗学"中狭义的诗。不过，西方"诗学"对狭义之"诗"的理解是从属于广义之"诗"或狭义文学的一般理论，并在广义之"诗"或

---

① 余虹：《中国文论与西方诗学》，生活·读书·新知三联书店 1999 年版，第 13 页。

狭义文学理论的空间结构中来进行的。而中国古代诗论则将"诗"置于与总体的"文"的关系中，在与其他文体的同一差异关系中予以理解。换言之，或者从属于广义"文论"，将"诗"作为一个文类加以理解，或者与诗文之分中的狭义文论相对举，"诗"成为相对独立的研究领域。[①]

余虹指出，中国"文论"和西方"诗学"形成了各自特定的论域空间与概念语境。[②]

中国"文论"首先在"文"与"道"的关系中将其研究对象设定为"道之文"的一种——"人文"，它与一般"道之文"形成一种垂直的形而上的从属性关系。其中，"文"被纳入无所不包的宇宙自然总体中加以思考，"文论"只是总体宇宙自然"道论"的一部分，对"道""道之文"的一般思考根本上规定着"文论"的思想前提。在"天人合一"的主导信念规约下，"人文"与"天文""地文""物文"之间的并列关系主要是从同一性来理解的，它们之间的自然比附成为理解"人文"的基本思想方法。如，毛宗岗评点《三国演义》时说："观天地古今自然之文，可以悟作文者结构之法。"在中国古代，"艺"或"技"相当于今之所谓"工艺"，是地位卑下的概念，不可与"文"同日而语，"文"与"艺"

---

① 参见余虹:《中国文论与西方诗学》，生活·读书·新知三联书店 1999 年版，第 57—58 页。

② 以下参见余虹:《中国文论与西方诗学》，生活·读书·新知三联书店 1999 年版，第 58—61 页。

的关系多在论域之外，不齿于某人之"文"则常谓之"雕虫小技"。中国古代没有类似西方的、最一般的艺术概念，即包括诗、造型艺术、音乐在内的艺术概念。因此，中国"文论"没有被纳入艺术论的视野，没有将一部分艺术的文学独立出来作为自己的研究对象，而是"弥纶群言"，以诸文体自然形成的差异性关系作为立论的基础。在认可既有文体差异的基础上，中国"文论"没有以抽象的方式进行归类区分，而要么对大共名的"文"进行形而上的玄思，要么对已然自在的各体之"文"做历史考辨与经验归纳，文学性、抒情性、叙事性、戏剧性等基本没有进入其理论视域。

与中国"文论"不同，西方"诗学"是在一系列分类区别中设定自己的研究对象的。首先，西方"诗学"所研究的"诗"是一门艺术，与一般艺术概念之间是从属性关系，"诗学"是作为"艺术学"的一部分加以设定的，"诗"的本质取决于它的艺术属性。古希腊时期，史诗、戏剧、抒情诗、音乐、绘画、雕塑、修辞学、语法学、几何学等都可归属于"艺术"（相当于"技术"）范畴。1747年法国理论家查理斯·巴托出版《论美的艺术的界限与共性原理》，明确地将音乐、诗、绘画、雕塑、舞蹈都划归为"美的艺术"，艺术才开始独立出来。1766年，莱辛的《拉奥孔》区分了诗与绘画。1849年，里贝尔特的《美学或美的科学》将建筑、雕刻、绘画视为空间艺术，而将音乐、诗、修辞视为时间艺术。一直到 1906 年 M. 德索依尔才明确界定了诗、音乐、绘画、建筑、舞蹈、雕塑之间的关系与区别。长期以来，对艺术的一般思考制约着"诗学"的逻辑前提，或者说，"诗"与一般艺术的关系是"诗学"入思的基本依据。其次，西方"诗学"研究的"诗"又是一门特殊的艺术，它与其他艺术门类具有并列性空间关系，语言是"诗"区别于其他艺术门类的主要标志，西方"诗学"将"诗"作为语言艺术加以思考。再次，作为语言艺术的"诗"是一套艺术语言，"诗"的问题从属于语言学的问题，既受制于一般语言学的研究，而与一般语法学、修辞学搅在一起，又不同于一般语言学的研究，而借助艺术学视野予以区分，将"诗"作为一种特殊的、艺术性的言述来加以研究。如，亚里士多德将"人类活动"分为研究活动、行为活动和生产活动，生产活动又分为技艺性生产和非技艺性生产。在亚氏看来，"技艺"是"一种与真正的理性结合而运用的创造力特性"[1]，人类可以凭借自己的理性去建立各门技艺的科学。"诗学"就是一门专门研究"诗艺"的科学，其《诗学》的对象是"诗"或"诗艺"。亚氏的《诗学》对"诗"的思考主要有两度思维空间：一是"诗"与一般模仿技艺的从属性关系空间，二是"诗"

---

[1] 转引自沃拉德斯拉维·塔塔科维兹：《古代美学》，杨力、耿幼壮、龚见明、高潮译，杨照明校，中国社会科学出版社 1990 年版，第 206 页。

与别的模仿技艺（绘画、雕塑等）之间的并列性关系空间，包括同一性关系空间和差异性空间。这两度思维空间在根本上规定了西方后世"诗学"及其文学理论的界限。正是在一般艺术学、语言学的交叉点上，西方"诗学"确立了自己的论域空间，并从诸多文体中选出一部分文体来研究，形成了广义"文学"之下狭义的"文学"概念，继而对语言艺术进行理论抽象的分类思考，形成了小说、戏剧、诗歌或叙事文学、戏剧文学、抒情文学的概念，文学性、抒情性、叙事性、戏剧性等成为其理论的核心。在英文语境里，文学理论指的便是文学性质的系统研究和文学文本的分析方法。

如批评者所言，余虹以上的考辨是一种"概念上的现象学还原"，他只是考辨了中国的"文"与西方的"诗"所指对象和范围的广狭差异，只是考辨了中国"文论"与西方"诗学"对待"文学"的观念上的差异，尚未对其中"文论"与"诗学"本身的根本性差异进行现象学还原考辨。[①]现象学还原的目的是要"回到事物本身"。事物的原初形态经过时间历史的消磨、沉积，特别是经过文明、语言阐释的转换，许多事物已经被遗忘或被遮蔽了，这就需要解蔽以恢复其本真的存在。中国"文论"在 20 世纪逐渐被西式话语

---

① 参见蒋济永：《概念的现象学还原可行吗——以余虹〈中国文论与西方诗学〉为剖析案例》，《中国比较文学》2001 年第 2 期。

所覆盖、取代，我们必须返回到某种"原初状态"，而"原初并非仅仅指开端，原初就是原本、本原、本体……返回原初就是返回本体"①，这样才能还其本来面目。那么，中国之"文论"与西方之"诗学"的根本性差异在哪里呢？概言之，前者的理论、言述方式主要表现在"批评"上，后者的理论、言述方式主要表现在"学"（论理）上。中国"文论"的主流形态不是《文心雕龙》式的系统理论论述，而是大量的诗话、词话、评点、注疏等"诗化"批评，其中的概念、范畴、命题呈现出不断流变、流转而无恒义、恒论的状态，与西方"诗学"之提出概念、范畴、命题，然后分类、论证、推理、得出真理性结论迥然不同。

在《比较诗学：文学理论的跨文化研究随笔》一书中，厄尔·迈纳指出：西方式的对文学的理解并不是规律，并不具有普遍性，也并不必然处于解释的中心；非西方批评家以西方的理论为标准，只是表达了他们所渴望的现代性，他们以西方标准来论证自身文化的文学实践，这种工作其实都建立在一种不稳定的前提之上。②

因此，在具体的"文学理论"的研究过程中，我们不能先行按西方"诗学"模式来选择、增删中国"文论"的丰富

---

① 黄药眠、童庆炳主编：《中西比较诗学体系》（共两册），人民文学出版社 1991 年版，第 2 页。
② 参见泰特罗讲演：《本文人类学》，王宇根等译，吴剑平校，北京大学出版社 1996 年版，第 59—60 页。

思想，反之亦然。对文学基础理论研究而言，比较合适的研究姿态与策略是去寻找一个"第三者"，即立足一个更为基本的思想话语与知识框架，通过不同主题或论域的考辨、比较、对话，在中西"之间"进行一种会通式的文学理论研究。

伽达默尔曾追溯过"理论"（Theory）一词的原初意义：

> "理论"一词的希腊文是 theoria，它表现出人的存在这种宇宙间脆弱的和从属的现象的明晰性，尽管在范围上微弱有限，他仍然能够纯理论地思考宇宙。但是根据希腊人的观点，构造理论恐怕是不可能的。那样说象（像）是我们制造了理论。理论这个词的意思，并不象（像）根据建立于自我意识上的理论结构的那种优越地位所意指的，指与存在物的距离，那种距离使得存在事物可以以一种无偏见的方式被认知，由此使之处于一种无名的支配下。与理论特有的这种距离相反，理论的距离指的是切近性和亲缘性。theoria 一词的原初意义是作为团体的一员参与那种崇奉神明的祭祀庆祝活动。对这种神圣活动的观察，不只是不介入地确证某种中立的事务状态，或者观看某种壮丽的表演或节日；更确切地说，理论一词的最初意义是真正地参与一

个事件，真正地出席现场。[①]

伽达默尔发现，"理论"的原初本义是吁请存在出场，切身性地进入生活事件；理论的意义并不是为世界提供所谓实证的、规范的科学基础，它只是我们切近事物并邀请其出场的一种实践方式而已。

雷蒙·威廉斯也研究过现代使用的"理论"（Theory）一词的演变，指出其近亲分别为拉丁文"theoria"和希腊文"theoros"；它既意指内心的沉思与想法，也表示供观众观看的某种景象。后来，"理论"逐渐演绎为同实践相对、作为假设和假说的一种思想体系，其作用是对实践提出解释。再由此进一步演绎出代表或指向某种规律（Law）的东西。在某种意义上，"理论"蕴含作为一种观念表演的意思，在17世纪以来的某些英语语境中，它一度甚至与"投机的"（Speculative）概念有些暧昧关系。在日常使用中，"理论"常同"虚假"组合，并同"实用"（Practical）的概念相对照。[②]当下"理论"日益云谲波诡、天马行空、抽象艰涩，似乎成了引领一切人文学科前进方向的新锐标识。

实际上，"理论"原本并不具有那种颐指气使、君临天

---

① 伽达默尔：《科学时代的理性》，薛华等译，国际文化出版公司1988年版，第15页。

② 参见雷蒙·威廉斯：《关键词：文化与社会的词汇》，刘建基译，生活·读书·新知三联书店2005年版，第486—490页。

下的权势，顶多不过可以为文学研究提供高屋建瓴的跨学科灵感而已。正如法国思想家埃德加·莫兰所强调的："一个理论不是认识，它只是使认识可能进行的手段；一个理论不是目的地，它只是一个可能的出发点；一个理论不是一个解决方法，它只是提供了处理问题的可能性。换句话说，一个理论只是随着主体的思想活动的充分展开而完成它的认识作用，而获得它的生命。"①

为此，华裔学者林毓生提出："我们要放弃对逻辑与方法论的迷信……培育视野开阔、见解邃密、内容丰富、敏锐而灵活的思想能力。"② 一个真正创造（或发现）的程序不是一个严谨的逻辑行为，我们在解答一个问题时所要应对的困难是一个"逻辑的缺口"（Logical Gap）③。个别的重大问题与原创问题的提出，以及如何实质性解答这些问题，绝非逻辑与方法论所能指导的。正如尼采所揭示的，"逻辑（如同几何和算术）只适合于我们已经创造出来的虚构的真理。逻辑乃是一种尝试，它企图按照一个由我们所设定的存在模式去把握现实世界，更正确地讲，企图使现实世界能为我们所

① 埃德加·莫兰：《复杂思想：自觉的科学》，陈一壮译，北京大学出版社 2001 年版，第 271 页。
② 林毓生：《中国传统的创造性转化》（增订本），生活·读书·新知三联书店 2011 年版，第 40 页。
③ 林毓生：《中国传统的创造性转化》（增订本），生活·读书·新知三联书店 2011 年版，第 42 页。

表述、计算"[1]。同样，"体系、解释和推理不是必不可少的东西。这些结构表达了，并且掩盖了与存在、他人和世界的一种关系"[2]。

自19世纪中叶西方文化东渐以来，特别是20世纪以降，在西方话语系统的冲击之下，汉语逐渐丧失主体性，从"文言"改造、转换到"白话"，从古代汉语转化到现代汉语，从综合性语言形式发展到分析性语言形式，汉语逻辑功能得以强化的同时也弱化了自己的优长，思想与文化的传统随之断裂，整个传统文化的架构都近乎崩溃了，中国知识分子丧失了理知与价值的基本取向。于是，中国思想界各式各样的意见虽多，但少有精深、原创且经得起严格检验的思想系统之建构。

在西方的逻辑、论证之外，还有非形式逻辑的存在。迥别于西方重概念、重分析、重演绎、重论证的逻辑思维，中国文化确立了重"象"、重直觉、重体验、重体悟的隐喻思维。区分中西文明或文化差异，不是作茧自缚，而是为了彼此会通；会通绝不是知识的堆砌，而是人文诸学科、文艺诸形式的打通；以此之明启彼之暗，取彼之长补此之短，"化冲突为互补"，使许多本来不和谐的力量组成统一的音阶和

---

① 弗里德里希·尼采：《权力意志》，孙周兴译，上海人民出版社2018年版，第286页。
② 莫里斯·梅洛－庞蒂：《符号》，姜志辉译，商务印书馆2003年版，第196页。

音调——这是典型的中国哲学思想。

我们在关注前沿问题、保持历史意识的同时，可以将中西古今的思维与言述方式融会贯通，充分发挥汉语之人文特性的优势，将隐喻思维与逻辑思维融会贯通，对中国文化传统中的一些符号与价值系统加以创造性阐释，使经过创造性转化的符号与价值系统，变成有利于变迁的"种子"，同时在变迁过程中保持着"文化的认同"。理想状态的文学理论研究，应确立一个更高的整体性思维框架，建立与当代生活、文学实践的内在勾连，倾听亿兆生灵、沸腾世界之海潮音；理想状态的文学理论研究，应把"理论"变成"写作"，不断突破既有规范，动态呈现个人创见与风格，将其话语作为世界，为世界而开启世界。①

研讨专题

1. "理论"与"文学"之间有怎样的内在逻辑关联？

2. 中国的"文论"与西方的"诗学"之间存在可通约性吗？

3. 中国的古代"诗论"与西方的"诗学"有何异同？

4. 文学基础理论的研究为什么需要中西会通？

---

① 可参阅吴子林：《"毕达哥拉斯文体"：述学文体的革新与创造》，浙江工商大学出版社 2022 年版。

拓展研读

1. 余虹：《中国文论与西方诗学》，生活·读书·新知三联书店 1999 年版。

2. 雷蒙·威廉斯：《关键词：文化与社会的词汇》，刘建基译，生活·读书·新知三联书店 2005 年版。

3. 乔纳森·卡勒：《文学理论入门》，李平译，译林出版社 2008 年版。

4. 钟少华：《中文概念史论》，中国国际广播出版社 2012 年版。

5. 贝内迪克特·耶辛、拉尔夫·克南：《文学学导论》，王建、徐畅译，北京大学出版社 2016 年版。

6. 乔纳森·卡勒：《理论中的文学》，徐亮、王冠雷、于嘉龙等译，华东师范大学出版社 2019 年版。

第二章

/Chapter 2/

语言

　　置身于急剧变化的具体历史语境中，既有的文学理论面临着全方位的挑战，诸多文学理论的基本问题需要重新考察或再认识。语言是人类最独特、最显著的行为活动和认知方式，在 20 世纪以来的文学理论发展历程中，文学的语言问题成了一个非常前沿的问题。

第一节 •
"文学的第一要素" •

　　在传统的文学理论中，语言通常被认为是从属于内容的，不过是文学作品的次要因素，因而没有得到应有的重视。虽然人们一再宣称"文学是语言的艺术"，但鲜有人追问其确切含义。苏联的文坛泰斗高尔基称"语言是一切事实和思想的外衣"，"文学的第一个要素是语言。语言是文学的主要工具，它和各种事实、生活现象一起，构成了文学的材料"[①]，"语言把我们的一切印象、感情和思想固定下来，它是文学的基本材料"[②]。

　　问题在于：如果说"语言"是"文学的第一要素"，那怎么又说"内容决定形式""政治标准第一"呢？既然"语言"是"文学的第一要素"，那么怎么又说"语言"仅仅是一切事实和思想的"外衣"，其作用只是"把我们的一切印象、感情和思想固定下来"，即将既有的思想内容"物化"

---

① 高尔基：《论文学》，孟昌、曹葆华、戈宝权译，人民文学出版社1978年版，第332页。
② 高尔基：《论文学（续集）》，冰夷等译，人民文学出版社1979年版，第387页。

成可感的形式呢？倘若"语言"仅仅是"文学的基本材料"，并非文学的基本存在形式或基本"现实"，也就是说，"语言"在文学中具有初始材料性，而不具有最终成果性，无视"语言"在文学中对内容和思想的创造或意义生成，那么所谓"第一"意义何在？

可见，"文学是语言的艺术"这个命题表面上冠冕堂皇，实则是模糊不清的空洞口号。其实重要的不是这个命题本身的字面含义，而是它在整个文学理论体系语境里被实际规定或赋予的含义——文学首先是"思想的艺术"，然后才是"语言的艺术"，相应地，文学批评的标准首先是"思想标准"或"内容标准"，其次才是"艺术标准"或"语言标准"——命题的实际语境含义似已成为特定的和消极的了。[①] 文艺理论家童庆炳的判断富于前瞻性："在很长的一段时间里，文学语言问题在文学理论中并没有获得应有的位置。虽然也讲一点文学语言的特征，但都浅尝辄止，什么问题都没有讲深讲透。根本原因是只看到文学与政治、与生活的联系，而忽略了文学首先是一种语言，一种特殊的语言。"[②] 为此，很有必要重新阐释、理解"文学是语言的艺术"这一命题，以抉发其思想的当代意义。

---

① 参见王一川：《杂语沟通：世纪转折期中国文艺潮》，湖北教育出版社 2000 年版，第 225—228 页。
② 童庆炳：《文体与文体的创造》，北京师范大学出版社 2016 年版，第 419 页。

20 世纪以罗素、维特根斯坦等人为代表的分析哲学，以索绪尔为代表的结构语言学，以胡塞尔、海德格尔、伽达默尔等人为代表的现象学－存在主义－解释学的语言观共同推动了人文学科的"语言的转向"（Linguistic Turn）。对于知识生活而言，"语言，连同它的种种问题、种种神秘以及它与其他事物的种种纠缠牵连（Implications），已经同时成为其范式（Paradigm）及其偏执的对象（Obsession）"①。"语言的转向"改变了文学理论的疆界和讨论问题的方式，人们倾向于把"语言"确定为文学观念的重要坐标，文学语言在众多文学理论学派中成为主角。

譬如：俄国形式主义指出，"文学性"存在于文学形式和语言结构之中；韦勒克力图分辨文学的、日常的和科学的三种语言，认为回答文学是什么的"最简单方法是弄清文学中语言的特殊用法"②。乔纳森·卡勒虽否定了文学的"本质"，但还是围绕"语言"这个焦点提出文学具有五个基本特征：第一，"文学是语言的'突出'"，"这种语言结构使文学有别于用于其他目的的语言"；第二，"文学是语言的综合"，"文学是把文本中各种要素和成分都组合在一种错综复杂的关系中的语言"；第三，"文学是虚构"，"文学作品是

---

① 特里·伊格尔顿：《二十世纪西方文学理论》纪念版，伍晓明译，北京大学出版社 2018 年版，第 102 页。
② 勒内·韦勒克、奥斯汀·沃伦：《文学理论》（修订版），刘象愚等译，江苏教育出版社 2005 年版，第 11 页。

一个语言活动过程，这个过程设计出一个虚构的世界"；第四，"文学是审美对象"，"促使读者去思考形式与内容相互间的关系"；第五，"文学是互文性的或者自反性的建构"，"文学的互文性和它的自反性……是语言的某些方面的突出运用和有关语言再现的问题"。①

20 世纪的西方文艺理论家大多数都兼擅文学理论与语言学，他们的文学理论普遍强调语言不仅仅是"自然之镜"，我们的所有认识及关于实在的语言表现都带有它们由之形成的语言中介的印记。②法国文学批评家热奈特的观点极具代表性："文学是语言的艺术。一部作品，惟（唯）独或基本上因为它使用了语言媒介，才有可能成为文学作品。"③"语言的转向"之后，西方多数文艺理论家的语言观基本完成了由工具论到存在论的转化。

比较而言，中国文艺理论家极少能兼擅文学理论与语言学，文学研究与语言学研究早就分道扬镳、相互隔绝。而且，由于未能摆脱传统的语言工具论，当代文学创作始终难以克服趋同的痼疾，我们的文学研究也往往捉襟见肘、顾此失彼，不少论著千篇一律、千人一面。换言之，囿于传统认

---

① 参见乔纳森·卡勒：《文学理论入门》，李平译，译林出版社 2008 年版，第 30—37 页。
② F.R. 安克斯密特：《历史表现》，周建漳译，北京大学出版社 2011 年版，第 66 页。
③ 热拉尔·热奈特：《热奈特论文集》，史忠义译，百花文艺出版社 2001 年版，第 84—85 页。

知极其有限的视域，我们通常不是从世界存在的角度看待一切，语言也一直没有被充分地主题化、对象化，更没被视为最主要的问题加以集中思考。如果我们仍然认同"文学是语言的艺术"，那么，就不能不调整、改变既有的语言观，重新认识文学与语言的关系，重新阐释该命题的理论意义。

第二节 ⋮
"语言的本质" ⋮

    我们可简要回顾一下海德格尔关于语言本质的重要思想。

    海德格尔提出，思想是一个不断追问的过程："思"被一种东西召唤着，它不属于思想者本人，而是属于存在并向着存在的一种运动，是人这个存在者对存在的召唤所做出的回应。为此，在解构西方哲学传统的同时，海德格尔调整了人／现实、人／传统、人／语言等诸多关系，把人的思考、写作和行动建立在存在论的基础之上。

    以 1930 年的演讲"论真理的本质"为界，海德格尔的思想可划分为前后两期，在研究视角和思考上发生明显转变："语言"由一个边缘性话题转而成为核心的议题，关注点在于"语言"揭示了什么，而不是传达了什么。海德格尔后期的研究转向了作为存在本身的语言，赋予语言以独立、先在的性质，从而确立了语言的本体论地位。

    按照莱索的说法，海德格尔"转向"之后赋予"语言"两种含义："普通语言"（Ordinary Language）和"源初语言"

（Originary Language）。"普通语言"就是在《存在与时间》中被称为"语言"的东西，即工具主义层面的东西；"源初语言"则是语言更为本源的层面的东西，它使得事物得以在其存在中作为其本身成为可通达之物。二者之间的差异持续推动着海德格尔思想的发展。①

海德格尔指出，传统认识论、工具论的语言观在解释语言现象上有其合理性，但是它并没有触及语言的本质。存在是主客体尚未分化之前的本源性状态，传统语言根本无法言说这种存在。我们必须放弃传统的言说方式，将非本质的语言转化为本质的语言。海德格尔把"道说"视为语言的本质，认为它是语言的语言；"澄明着和掩蔽着之际把世界端呈出来，这乃是道说的本质存在"②。语言属于"本质现身的东西"，本质现身的东西自身是"道说"着的。语言最切近于人之本质，人类世界的本质在于语言，一切存在都是语言中的存在，存在只有通过语言才能显现——语言指明了存在和人的一种"本质性的彼此互为"的领域。在1946年发表的《关于人道主义的书信》一文里，海德格尔将这种本质的语言称作"存在的家"。

在《语言》（1950—1951）一文中，海德格尔反复申

---

① M.A. Wrathall, *Heidegger and Unconcealment: Truth, Language, and History*, Cambridge: Cambridge University Press, 2011, p.155.
② 参见海德格尔：《在通向语言的途中》，孙周兴译，商务印书馆2015年版，第193页。

言,"语言说话"不是表达,不是被表达物的表象和再现,而是一种"应合":"人说话,是因为人应合于语言。这种应合乃是倾听。人倾听,因为人归属于寂静之指令。""问题根本不在于提出一新的语言观。关键在于学会在语言之说中栖居。""语言说话。语言之说在所说之话中为我们而说。"①

在海德格尔看来,任何事物都只能借助语言中介并在这种中介中存在,谈论语言的本质,就是要求我们"取得"一种语言经验;这种语言经验"使我们接触到我们的此在的最内在构造","通向那个由于与我们相关而伸向我们的东西","进入与我们相关或传唤我们的东西"②。只有在语言的经验中,人才能真正进入"思"的境界,"倾听"语言深处的声音,然后才有所"说",即语言借人之口说出自己的存在。

在《走向语言之途》(1959)一文中,海德格尔指出:"说"首先是一种"听","听语言之说话";人与万物融合为一的宇宙整体能作"无言之言",理解某个事物就是参照"世界"这一敞开的参照体系,从事物自身理解事物;与事物不可分离的语言则使事物成为该事物,与其所言说的事物同一,言说着存在者之所是。"语言说话,因为语言道说,语言显示。……我们是通过让语言之道说向我们道说而听从

---

① 海德格尔:《在通向语言的途中》,孙周兴译,商务印书馆2015年版,第27页。
② 海德格尔:《在通向语言的途中》,孙周兴译,商务印书馆2015年版,第146页,第190页。

语言……我们跟随被听的道说来道说。"①

　　长期以来，语言被视为表达，或表达被看作语言。然而，海德格尔告诉我们：唯有语言才使存在者作为存在者进入敞开领域之中，语言在无声地聚集万物，语言自行、自主地"道说"，既澄明又遮蔽地"显示"世界。"不是我们拥有语言，而是语言拥有我们。"② 也就是说，不是我们在表达"语言"，而是"语言"借助我们表达它自己；"语言在说话"，我们"听语言之说话"，写作则是让自己成为那不停言说者的"回声"——语言具有自身的内在力量与功能，它既敞开、绽放自身，又是"全息性"的。于是，"存在"与"语言"相互重合，"思想"与"语言"彼此同一。文学之所以是语言的艺术，奥秘就在于此。

　　海德格尔的存在论让我们联想到中国传统的"文化语言"。1990 年，在口授的生平最后一篇文章里，钱穆开篇即云："中国文化中，'天人合一'观，虽是我早年已屡次讲到，惟（唯）到最近始澈（彻）悟此一观念实是整个中国传统文化思想之归宿处。……我深信中国文化对世界人类未来求生存之贡献，主要亦即在此。"③ "天人合一"是中国古人特

①　海德格尔：《在通向语言的途中》，孙周兴译，商务印书馆 2015 年版，第254 页。
②　海德格尔：《荷尔德林的颂歌〈日耳曼尼亚〉与〈莱茵河〉》，张振华译，商务印书馆 2018 年版，第 28 页。
③　参见钱穆：《中国文化对人类未来可有的贡献》，《中国文化》1991 年第 1 期。

有的世界图景，其独特的论理、穷理方式有着无限的价值。人生于天地之间，人之思化于天地之间。"人"驻于"物"，"物"驻于"人"，"人"与"物"动态同构，遵循着同样的规则、节律和秩序，不存在永久绝对的"中心"。人把自然视作鲜活的、可言说的生命，而不是被动的、沉寂的物质；人与自然平等对视，不是凝视 / 被凝视、主体 / 他者的关系，而是一种模仿的、主体间性的共在关系；自然对人有一种"光环"或"光晕"，人则倾听、接受自然的语言，共享人与自然和睦共处的生存状态。在"天人合一"的观念中，天人相与，同感互动；宇宙万物，相通合一。作为整个中国传统文化思想的归宿，"天人合一"是中国的"文化语言"。

在中国古代文化典籍里，有大量"天人合一"式语言。闻一多就较早发现，《庄子》的语言就是内容："他的思想的本身便是一首绝妙的诗"，"他的文字不仅是表现思想的工具，似乎也是一种目的"。[①]"天人合一"式语言与西方"逻辑语言"有着明显的区分：语言不是工具性的，而是存在性的，语言即内容；迄今未被客观化，却被说同一语言的人们所理解；重返被知觉世界，发现一个重新理解认识的场域；用有限数量的语言，表达不确定数量的思想或事物；把我们引向

---

① 闻一多著，朱自清等编：《闻一多全集》第 2 册，上海人民出版社、上海书店出版社 2020 年版，第 287 页，第 290 页。

事物，与此同时又从它那里被解放出来；语言不是外在于事物的，语言的界限即世界的界限；世间万物都有语言，都是语言，都在自我言说着，书写者似乎只是代言人而已。

　　"天人合一"式语言成功联结了"外部世界"与"内部世界"，作为一种微观的美学形式，其艺术性大于科学性，内容溶解于形式之中。思想／理论的言说者以之为利器，不再泥执封闭式演绎或归纳，而是把理智抛在事物本身之外；以"消弭自己"的状态嵌入事物内部，以参与者的方式理解事物的发展，从事物本身观照事物；通过"以物观物"的审美融入，让事物依循自身演进秩序，纯然倾出一种"状态内的真理"（梅洛－庞蒂语）。

　　"天人合一"式语言是一种非技术、非信息性的语言，是一种在自身之中自己言说的语言，也就是纯粹的诗意语言；它在回流炫目地交织盘旋，在自身言说的过程中将自己表达出来。这种有质感的语言，是生活所赐予的，是生命中偶遇、累积的独到发现与体验。这种智慧语言及其运行方式，所"显示"的是一种不断掘进、定时迸发为洞见的心境，是一种敞开了的"道"。"天人合一"式语言既承载丰富的历史经验，又激发崭新的书写方式，赋予个体面对所属文化、既有领域自我定位的可能性，开辟一个确定自身存在的精神空间。

第三节 •
汉语的危机 •

现代化进程开启了一个物化或对象化的世界，人与自然／世界的生命纽带被斩断，"生命之树"的主导地位被"知识之树"所取代，"天人合一"的本原状态被打破，完整与合一的世界不复存在。在"知识之树"的统辖之下，主观片面的知识遮挡了客观总体的真理，本雅明的语言论称这种"历史的自由落体"为语言的堕落，堕落后的语言状态表现为一个封闭、共时、平面的符号体系，语言与世界之间是任意的、人为的、分裂的关系，语言不再传达物的本质、在场和生命，只是被用来抽象、统括、归化、收编世界。

一旦本原的透彻性和实存的了然性被遗忘殆尽，话语便丧失了唤起情感与理解的能力；一个多维的、多样化的世界则成为特定认知模式派生出来的抽象对象。因此，三十多年前，卡尔维诺产生了这样的预感："有时候我似乎觉得，一场瘟疫已传染了人类最独特的天赋——对文字的使用。这是一场祸害语言的瘟疫，它体现于丧失认知能力和直接性；变成某种自动性，往往把一切的表达都简化为最通用、划一和抽象的陈套，把意义稀释，把表达力的棱角抹去，把文字与新环境碰撞所引发的火花熄掉。"① 显然，不幸被言中了。

20 世纪的中国文学是"走向世界的文学"，这种文化想象使人们以为现代汉语文学必须抛弃古代汉语的"落后"包袱，将古老的中国文学带入全球化，为它注入现代性，而与现代西方世界同步骤、共振幅，最终融入以"先进"的西方语言为主流的"世界文学"之中。于是，我们看到：古代汉语零距离舔舐万物，强调直觉、经验、主观，以"诚"为伦理；而现代汉语取道于、得益于、效法于西方的"逻各斯"，皈依"科学"，对古代汉语进行"科学化和技术化洗礼"，强调分析、逻辑、客观，以"真"为伦理。② 其结果，"天人合一"式语言随之销声匿迹，工具论、认识论的语言泛滥成灾。在某种意义上，中国文学创作及其研究的危机便源于语言的危机。

在背离自身母语传统之后，是否真的如诗人张枣所言，"现代汉语已经可以说出整个世界，包括西方世界，可以说出历史和现代"③？恐怕未必是这样。

近现代以来，现代思想关键词中渗入了大量的外来观念

---

① 伊塔洛·卡尔维诺：《新千年文学备忘录》，黄灿然译，译林出版社 2009 年版，第 58—59 页。
② 可参见敬文东：《味觉诗学》（春风文艺出版社 2021 年版）、《自我诗学》（长江文艺出版社 2021 年版）等论著。
③ 张枣：《绿色意识：环保的同情，诗歌的赞美》，《绿叶》2008 年第 5 期。

与外来词，其中相当一部分未经细细咀嚼，未能与传统思想、语言融会贯通，现代思想关键词蜕化为一种苍白而没有思想深度的东西。当下汉语写作大多丧失了汉语的特性，偏离了汉语的精神方法，我们自己的文化元气被损害了，则华屋何以缔构，心宅何以奠基？因为无根的现代汉语写作，整个汉语文化界的原创力急剧衰退，文学创作的趋同化，述学文体的机械单一，都不过是其表征而已。汉语写作的困境，正是现代汉语的困境。

在接受学者、批评家王尧的访谈时，小说家李锐谈到现代汉语写作的问题。他指出，自五四新文化运动以来，用白话文对抗文言文，采取的是全盘西化的立场，我们不仅没有深刻的理性反省、批判，也没有语言和文化的自觉，更谈不上文化的自信心。由于汉语主体性没有建立，自我全部被取消了，语言腔调、生命感觉、叙述节奏、论述主题与方法，全照外国的东西来，或者变成历史的渣滓，或者变成别人的翻版。

为了摆脱这种"被表达"的命运，李锐提出了汉语主体性的确立问题："在这种时代，在这种共存的全球时代，从事文学创作更需要一种语言的自觉，这个自觉，第一要坚持语言的主体性，第二，这个主体性不是一个封闭的主体性，它应当是开放的，它才可能保持活力。"[1]重返会说话的主体，

---

① 参见王尧：《在汉语中出生入死：关于汉语写作的高端访谈》，春风文艺出版社2005年版，第98页。

重返我与我说的语言的联系，才能真正摆脱汉语的危机。

真正的语言大师不是那些"语言优美"的作家，而是悉数领会、包容各种语言经验，与母语重新结成亲密联系并有所创造，积极影响自己时代语言环境的"作家们的作家"。诗人、批评家欧阳江河坦言："单纯的美文意义上的'好诗'对我是没有意义的，假如它没有和存在、和不存在发生一种深刻联系的话，单纯写得好没有意义，因为那很可能是'词生词'的修辞结果。"[①] 介入、切中现实的能力谓之"及物性"（Transitivity）。不过，现实并非自明之物，它是多重的、多维度的、多层次的，观察角度不同，被切入的现实就各自不同。

---

① 欧阳江河：《电子碎片时代的诗歌写作》，《新文学评论》2013 年第 3 期。

第四节 ﹕
"文学是语言的艺术" ﹕

　　正是基于上述认识，我们认为，很有必要重申并激活"文学是语言的艺术"这个命题。

　　首先，我们必须超越传统的语言工具论，而从存在论的视域理解"文学是语言的艺术"，从而确立"思想"与"语言"之间"同一"而非"统一"的关系，以化解该命题中原先所固有的理论困境，以及特定的、消极的实际语境含义。

　　20 世纪最为杰出的语言学家之一本维尼斯特（1902—1976）是索绪尔的再传弟子，他明确反对"语言是交流的工具"一说。在本维尼斯特看来，将语言比拟为一种工具，就是将人与自然相对立，而语言是人类的自然本性，它教会了我们如何定义人本身。"人在语言中并且通过语言自立为主体。因为，实际上，唯有语言在其作为存在的现实中，奠定了'自我'的概念。""言说的'自我'即存在的'自我'"，这一相当于"我言故我在"的论断，体现了语言主体性的根本："语言使主体性成为可能，因为它总含有适合主体性表达的语言形式，而话语则引发主体性的显现。"①

语言是一种方法，语言也是一条道路。工具论与存在论之语言观的取舍，往往决定了作家迥然有别的语言道路。在20世纪的文学史和学术史中，胡适和鲁迅对中国现代语言道路有不同的规划与实践，他们起过并还在起着不可替代的典范作用——

"胡适之体"和"鲁迅风"分别指示着不同的语言道路："胡适之体"运用的是现代型专家语言，语言清楚、明白、爽快、利索，理念先于语言而存在，语言绝对归顺、隶属于逻辑，为了逻辑的整一性牺牲了语言的丰富性，较难激发读者独立思考、追求的兴趣，读者只需抓住逻辑预设的立论即可；"鲁迅风"是传统型通儒语言，熔议论、沉思、刻画、虚拟、感觉、想象、激情等于一炉，触类旁通，无所不包，语言总是本身有所诉说的存在，有高度的及物性，更能表达真理本身的复杂性，能让人和自己一起思想，一起探索。换言之，胡适的文章是"外向"（Expressive）的，"理在言外"，"道理""逻各斯"先于语言、外在于语言；鲁迅的文章是"内涵"（Impressive）的，"理在言内"，"道理""逻各斯"寓于语言之中：思想即语言，语言即思想，语言形式很难从

---

① 参见埃米尔·本维尼斯特：《普通语言学问题》（选译本），王东亮等译，生活·读书·新知三联书店2008年版，第293页，第297页。

内容本体上剥离出来。

胡适的功夫主要在"造句",以西方逻辑句法规范汉语文章;鲁迅更重视"用字",周作人说鲁迅有"文字上的一种洁癖",蔡元培为《鲁迅全集》作序时说鲁迅的天才在于"用字之准确"。"善为文者,富于万篇,贫于一字"(《文心雕龙·练字》),以刘勰此语评价鲁迅一点都不夸张。郭绍虞认为,汉语精神的中心在于字词本身的形式藻采和组句功能。鲁迅的语言道路比较切近中国的"文化语言"——胡绳就称赞鲁迅的文章是"地地道道的民族语体"。然而,大多数现代作家走上了"胡适之体"所指示的语言道路,被抛入了胡适之辈所开启的语言世界,真正与鲁迅同道者并不多——大概只有周作人、冯雪峰、胡风、徐懋庸、唐弢、沈从文等人。鲁迅的写作表现出一种深刻的文体自觉,他利用一切语言资源"在汉语里"重写中文,新中有古,流中有源,体现了汉语的"变之不变"和"不变之变"。[1]

语言是小说的"本体"还是"工具",这是现代小说与传统小说的分界线。1907年,江曾祺在耶鲁和哈佛做了题为"中国文学的语言问题"的演讲,对文学语言做了独到而深刻的阐述:"语言不只是一种形式,一种手段,应该提到内

---

① 参见郜元宝:《汉语别史》,复旦大学出版社 2018 年版,第 123—145 页。

容的高度来认识。……语言不是外部的东西……世界上没有没有语言的思想，也没有没有思想的语言。……语言是小说的本体……写小说就是写语言。……小说的语言是浸透了内容的，浸透了作者的思想的。"①

汪曾祺指出，中国人与其说是用汉语思维，不如说是用汉字思维。汪曾祺自己写作时就通常从辞章、语体、章法等层面打通古今，重返母语世界，恢复其纯净"肌理"。汪曾祺特别善于运用长短句间奏、文言句式和辞格句式等，在语言的内在节奏中，写景、写人、叙事；他形象地把自己的写作比作"揉面"，即细揉每一个字词、语句，使小说的语调、文气细腻、柔和、有弹性，像"汁液流转"的"树"或"流动的水"。汪曾祺作品的魅力，与其说是"故事"，不如说是汉语的"节奏"；它们与其说是"写"出来的，不如说是"弹奏"出来的，"其色泽犹如旧贵族府邸屋顶上落日的余晖，凄婉流美，令人心醉"（胡河清语）。

当人们习惯于把语言视同写作的"工具"时，汪曾祺却将它置于超乎一切的高度，把"语言"当作文学的本体，甚至是唯一的实在，这是对传统文学语言观的反拨。在今天看来，这代表了 20 世纪 80 年代文学界在汉语形象方面的一次

① 汪曾祺:《中国文学的语言问题——在耶鲁和哈佛的演讲》，参见汪曾祺:《晚翠文谈》，河南文艺出版社 2017 年版，第 195—196 页。

革命性转向，即由工具论转向了存在论。显然，汪曾祺所延续的是鲁迅所昭示的语言道路。

其次，重申"文学是语言的艺术"这个命题，更重要的是为了强调研究汉语之于中国文学的特殊重要性，重新恢复对于汉语本身之美的敏感性，竭力开掘汉语在汉语文学中的特殊审美价值。

以往的文学理论研究者对于文学语言特征的许多认识——如"形象化""音乐性""内指性""陌生化"等等——大都只是在全人类或全世界的普遍性上谈文学语言，并没有真正触及汉语之于汉语文学的特殊意义。韦勒克曾提醒人们："语言是文学的材料……但是，我们还必须认识到，语言不像石头一样仅仅是惰性的东西，而是人的创造物，故带有某一语种的文化传统。"[①] 语言是我们走向世界的唯一渠道，体现了把握世界的不同方式。我们与文化之间唯一的联系就是语言，在语言的后面有深浅不一的文化积淀，语言的所有最纤细的根茎生长在民族精神力量之中。"如果中国学者不利用生活于其中的汉语资源，我们就像是长江的渔人，呆呆地构想在密西西比河如何撒网，如何下钩，却白白放跑了长江中的一条条大鱼。"[②]

---

① 勒内·韦勒克、奥斯汀·沃伦：《文学理论》（修订版），刘象愚等译，江苏教育出版社 2005 年版，第 11—12 页。
② 钱冠连：《后语言哲学论稿》，外语教学与研究出版社 2019 年版，第 11 页。

　　汉字是当今世界上唯一广泛使用的自源性表意文字，有不少现当代作家、学者都曾深入探究过中国语言文字的新生与汉语文学发展之间的血肉关联。如：章太炎特别强调文字的重要性——"文辞的本根，全在文字"；鲁迅的《汉文学史纲要》首章就是"自文字至文章"，把中国文学奠基于文字；王力很早就主张要根据汉字的特点来研究汉语；郭绍虞提出，"中国文辞重在音句而不重在义句"；林语堂注意到，汉语的"单音节性"形成了汉语文学独特的美；朱光潜宣称，"声音节奏"是汉语文学的"第一要素"……当下人们轻视和忽略语言问题，浮言涨墨令人窒息，现代学术史上这些共识所蕴含的汉语思想遗产，需要我们去总结、消化、践行和兴发。诚如童庆炳所言："文学理论可以而且应该把文学语言，特别是汉语文学语言的特征，作为一个重要的部分纳入体系中去。在这方面，是大有可为的。"①

　　当代诗人、作家、学者在这方面进行了可贵的探索。

　　著名诗人、理论家叶维廉将诗人的"视境"与"表达"分为三种类型：其一，置身现象之外，把现象切分成许多单位，再把许多现成的或人为的秩序（如以因果律为依据的时间观念），加诸片面现象之中的事物之上，通过逻辑思维、

---

① 童庆炳：《启功对汉语文学语言特征的独到发现》，《文体与文体的创造》，北京师范大学出版社 2016 年版，第 419 页。

语言分析等澄清、建立事物之间的关系。其二，将自己移情或投射于事物之内，将事物转化为书写者的心情、意念或某种玄理的体现。其三，书写或创作前变为事物本身，从事物本身出发观照事物，即邵雍所谓"以物观物"。

叶维廉发现，西方诗歌多为第一、二类视境的产物，中国诗歌则多属第三类视境的产物，最多介于第二、三类观物的感应形态之间；而且，西方现代诗有趋同于中国视境的特色，它们意图达到"具体经验"的努力，越来越与中国"观物"的感应形态——"天人合一"相息相通。1917 年之后的中国白话诗在美学策略上则与西方现代诗几乎完全互换位置："中国的诗人，在五四时期，不但没有继续发展这些共通的指标，反而疏离它们，而追求西方现代主义诗人企图消散甚至消灭的严谨制限性的语法，鼓励演绎性说明性，采纳了西方文法中僵化的架构，包括标点符号，作为语法的规范和引导。"① 叶维廉指出，白话取代文言后，受西方语法结构的影响，口语化的白话有了人称代词、指示时间的文字、分析性的文字，原先蒙太奇的显现效果的直接性消失了，叙述性、演绎性的作品，意象化的作品日益增多。背离了"天人合一"的"文化语言"，语言与思想不再互为因果，不再从内部决定自身和构建自身，更难辨明万物的秩序、洞悉万

---

① 叶维廉：《中国诗学》（增订版），人民文学出版社 2006 年版，第 277 页。

物的秘密。①

　　如何消除或弱化分析性、演绎性的元素及其表现，在"形而上的焦虑"的迷惑下获致纯然的倾出，是我们正在面对的最大课题。那么，如何避开白话的陷阱而回到现象本身呢？叶维廉提醒我们：诗人具有另一种听觉，另一种视境，诗人可以"融入外物，让它们的内在生命根据它们自己的自然律动生长、变化、展姿，但同时又保有其某种程度的主观性"；诗人能够做到"把生命和节奏敲进经验、行动、情境的每一片断里，让这些力化的片断'演出'自己的秩序"，其叙述"用一种'假叙述'的程序（用以连结每一片断），不断地从一个经验面急转到另一个经验面，形成张力与爆炸性"；"唯有如此，面对着焦虑的存在的现代中国诗人始可以产生一种无所不包的动态的诗，以别于传统诗中单一的瞬间的情绪之静态美"。②

　　对于汉语写作，欧阳江河也有独到的体悟。他在诗中写道："我居住在汉字的块垒里／在这些和那些形象的顾盼之间／它们孤立而贯串，肢体摇晃不定／节奏单一如连续的枪／一片响声之后，汉字变得简单／掉下了一些胳膊，腿，眼睛／但语言依然在行走，伸出，以及看见／……一百多年

---

① 参见叶维廉：《中国诗学》（增订版），人民文学出版社 2006 年版，第 345—350 页。
② 参见叶维廉：《中国诗学》（增订版），人民文学出版社 2006 年版，第 329—345 页。

了。……/ 我独自一人在汉语中幽居 / 与众多纸人对话，空想着英语 / 并看着更多的中国人跻身其间 / 从一个象形的人变为一个拼音的人。"① 欧阳江河的诗告诉我们：在中国现代性特有的文化想象中，古代汉语遭遇了深重的劫难，"掉下了一些胳膊，腿，眼睛"，中国人"从一个象形的人变为一个拼音的人"；与拼音文字相比，方块汉字显得"孤立""肢体摇晃不定"。然而，语言文字毕竟是社会生活的主要维系物，诗人兀自调理一群岌岌可危的方块字，使它们"依然在行走，伸出，以及看见"，展现出顽强的生命力。欧阳江河倡导一种"异质混成"式写作——即将价值向度上不同性质甚至悖反、对立的经验内容混合杂糅，其想象力宏丽、琼渺、斑驳，诗歌文本多义、交叉、悖反、互证，而最大限度地影射或隐喻世界的内部构造，呈现汉语所能表达的"中国经验"之图景。

汪曾祺、叶维廉、欧阳江河等作家，一方面对汉语文学做了寻根式的探究，另一方面则试图融通中西两种语言、两种诗学，重构汉语形象世界。这恰如让·斯塔洛宾斯基与让·鲁多谈话时所言，"它应该同时是对他者语言的理解和它自己的语言的创造，是对传达的意义的倾听和存在于现

---

① 欧阳江河：《汉英之间》，《如此博学的饥饿——欧阳江河集 1983—2012》，作家出版社 2013 年版，第 20 页，第 22 页。

实深处的意外联系的建立"①。现代汉语与古代汉语相互糅合、彼此融通，"真"与"诚"携手共进，通盘将汉语特质作为文学美的"基本现实"，也是"重写中文"的题中之义。这样，述古而"辞来切今"，开新则"气往轹古"，走出语言／思想创造的关隘，便可重回"见山是山"的境地，即"以观看者的目光为中心，统摄万物……一切都向眼睛聚拢，直至视点在远处消失"②；与此同时，"看的眼睛变成了被看的眼睛，并且视觉变成了一种自己看见看见"③。

研讨专题

1. "文学是语言的艺术"，中国当代作家应持守怎样的汉语观？汉语背后的思维方式对其文学创作产生了怎样的影响？如何保证汉语写作的纯洁性？

2. 在中国文化的寻找、认同和持守中，当代文学创作如何确立汉语的主体性，建构一个语言场域以扭转"以汉字写西方小说"的文学异态？

3. 当代文学创作如何平衡普通话与方言之间紧张的关系？如何吸纳方言的本真、自然和风韵？当代作家还能在多大程

---

① 转引自郭宏安：《从阅读到批评——"日内瓦学派"的批评方法论初探》，商务印书馆2007年版，第299页。

② 约翰·伯格：《观看之道》，戴行钺译，广西师范大学出版社2005年版，第11页。

③ 乔吉奥·阿甘本：《潜能》，王立秋、严和来等译，沙明校，漓江出版社2014年版，第92页。

度上让"大地的语言"发出自己的声音？方言写作的可能及其限度何在？

4.汉语是联结中国文化的纽带和媒介，当代作家的汉语写作在增强文字的"温度"与文化的"厚度"的同时，如何有效地融入世界文学？如何看待当代文学中汉语写作的"欧化"？

5.在语言的独立性试验、开拓、创新的过程中，当代作家汉语写作的探索实践取得了哪些实绩？存在哪些亟待克服、解决的问题？

6.媒介文化的兴起为当代文学创作带来了新的思维方式、言说方式、读者意识和发表媒介，汉语形态也随之发生一定程度的变化。媒介文化对于当代作家的语言意识产生了哪些影响？如何理解这些影响？

拓展研读

1.赵元任：《赵元任语言学论文集》，商务印书馆2002年版。

2.郭绍虞：《汉语语法修辞新探》（上、下册），商务印书馆1979年版。

3.启功：《汉语现象论丛》，中华书局1997年版。

4.张世禄：《汉语史讲义（上下册）》，申小龙整理，东方出版中心2020年版。

5. 申小龙:《中国文化语言学》,吉林教育出版社 1990 年版。

6. 申小龙:《汉语与中国文化(修订本)》,复旦大学出版社 2008 年版。

7. 王一川:《修辞论美学》,东北师范大学出版社 1997 年版。

8. 王一川:《汉语形象美学引论——20 世纪 80—90 年代中国文学新潮语言阐释》,广东人民出版社 1999 年版。

9. 郜元宝:《汉语别史》,复旦大学出版社 2018 年版。

10. 王寅:《语言哲学研究——21 世纪中国后语言哲学沉思录》(上下册),北京大学出版社 2014 年版。

11. 童庆生:《汉语的意义:语文学、世界文学和西方汉语观》,生活·读书·新知三联书店 2019 年版。

12. 沈家煊:《汉语大语法五论》,学林出版社 2020 年版。

第三章

/Chapter 3/

时间

· · · · · · · ·

语言学家本维尼斯特指出，使语言与世界产生关联的中介是陈述，"陈述就是通过个体使用行为实现的语言的实际运用"，它"意味着从语言到话语的个体转化"；"在陈述中，语言被用于表达与世界的某种关系"。[①]陈述指涉需要满足三项条件：作为人称的"我"，作为时间的"现在"，作为空间的"这里"。时间与空间是人类存在的基本形式。陈述的语言特征是由言说者与语言之间的关系决定的，言说者的时间观、空间观伴随着对历史与现实的每一种思考，陈述所建构的语言现实则折射出时间、空间和我们自身的存在。

---

① 埃米尔·本维尼斯特：《普通语言学问题》（选译本），王东亮等译，生活·读书·新知三联书店2008年版，第159页，第160页，第161页。

第一节 ·
中国古代时间观 ·

时间是一个古老而常新的问题。不过，中国早期哲学只是偶尔涉及时间问题，并没有将时间主题化，即作为正面思考的对象。如汉学家克洛德·拉尔所言："一个民族赖以生存的条件和限制因素必然反映在语言和行为里……中国人的时间概念体现在语言和生活方式中。他们具有异常丰富的时间表达方式和某种渗透其言语及整个生活的时间概念和时间体系的逻辑。"①

中国古文献中最早测度时间概念的是"宙"，因为"天地四方曰宇，往古来今曰宙"②。"宇"即空间，"宙"即时间。从字源上看，"宇""宙"二字均从"宀"部，可见古人是从空间的概念来理解时间的观念。作为一个有持续长度的时间实体，"宙"是过去、现在、未来的总和，它有广延

---

①　克洛德·拉尔：《中国人思维中的时间经验知觉和历史观》，见路易·加迪等：《文化与时间》，郑乐平、胡建平译，顾晓鸣校，浙江人民出版社1988年版，第31页。

②　尸子撰：《尸子译注》，李守奎、李轶译注，黑龙江人民出版社2003年版，第52页。

却无始末。《尚书·尧典》曰:"历象日月星辰,敬授人时。"宇宙间充满着均匀的节律、规则的周期,这为协调社会各项活动提供了准则或参照系统。例如《孟子·公孙丑下》中有"五百年必有王者兴"的说法,《史记·高祖本纪》则言"三王之道若循环,终而复始"。内在、外在的节律,不断被抽象成规则、规律、秩序、和谐等理性观念,往复循环的周期现象直接引发了古人对于时间的测度意识。

为了测度时间,中国最早流传下来的计时法是干支纪年法。相传上古轩辕时期的大挠氏发明了干支纪年法以标记太阳、月亮、地球长期运动的规律,看到了以六十年为一个周期的变化。从考古出土的甲骨文中得知,殷商时代就有干支记日法,即用十个天干、十二个地支组合成六十个干支,以六十为周期循环记日。十个天干显示着生命生、长、盛、衰,死而又生的变化过程;十二个地支则对应一年十二个月的物候变化,即描述生命的一般生长收藏序列。因宇宙的节律而产生了日、月、年的时间计量单位,在古人心目中,时间是日出日落,是寒暑的交替:"日往则月来,月往则日来,日月相推而明生焉。寒往则暑来,暑往则寒来,寒暑相推而岁成焉。"(《周易·系辞下》)[①]

先秦文献里没有"时间"一词。宋元人有"一时间""霎

---

① 高亨:《周易大传今注》,齐鲁书社 1979 年版,第 570 页。

时间"等词，其中的"间"为赘词。宋元人有以"岁时间"表示一年之间的用法，这里的"间"有"间距"之意。近代以"时间"移译西方近代思想中的"time""temporality"，日本人井上哲次郎、有贺长雄1884年编纂出版的《改订增补哲学字汇》中就有这种对译。在现代汉语中，"时间"一词几乎就是在译名对应的意义上理解的。

中国古代真正本源性的时间概念是"时"。"时"的第一层次内涵指天象、气象、物候等构成的情境、形势，即所谓"四时""天时"。此"时"与具体多样的"季节"概念结合在一起，表示一种连续性、周期性。王夫之释曰："时，本四时也。……通为适得其会之辞，生长收藏，温凉寒暑，当其时而不爽；物之所会，事之所就，人之所为，惬如其当然，则如天时之适也。"[1] 春耕夏耘，秋收冬藏，四季中的时间及其定性值所显示的能量积聚将人们的注意力引向了绵延，也就是时间的分割和重复；其中，每一个季节都是对天人应合之不同态势的命名，强调在适当的时机与外界事物保持和谐。古人认为，天人相感相通，适时者受益，背时者受损。《易传·文言》曰："夫大人者，与天地合其德，与日月合其明，与四时合其序，与鬼神合其吉凶，先天而天弗违，后天而奉天时。"

---

① 王夫之：《船山全书》第1册，岳麓书社1996年版，第356页。

　　"时"的第二层次内涵指抽象的、一般性的机会、条件，所谓"时机"是也。"时机"是不可言说的，是其时、当其时，意味着所有的关联系乎此。《国语·越语下》曰："圣人随时以行，是谓守时。"所守之"时"，指天人之间的适得其会，天人相遭遇之"时机"。因此，只有从天人之际出发才能合理地谈论、理解时间。在某种意义上，时间或是同一时机的延续，或是不同时机的更替。

　　"时"的第三层次内涵指某种神秘的力量和趋势，即"时运"。王夫之说："天地之终，不可得而测也。以理求之，天地始者今日也，天地终者今日也。"[①] 天地始终是对时间之开端与终结的追问，王夫之用"今日"一词强调了人的在场，强调了天人之际的视域。

　　正如法国汉学家葛兰言所敏锐观察到的，中国古代思想从来没有让时间栖居于抽象概念之上，从来没有把时间理解为"由同等质的时刻按照刻板的运动所构成的单调延续"，恰恰相反，中国古人认为不同的时间总是独特的，因为它们各自关联着特定的时机和具体的行动。[②]

　　中国古人没有高度发达的测度时间的概念，却有发达的时间经验。对"时""机""运""命""气数"的领悟，

---

① 　王夫之：《船山全书》第 1 册，岳麓书社 1996 年版，第 979 页。
② 　参见 Marcel Granet, *La Pensée Chinoise*, Paris: Renaissance du livre, 1934, pp.86-89.

构成了中国传统时间观的主体。对生命的体认既不着眼于"死",也不着眼于彼岸世界的真理,而是密切关心现世生活、人事活动,刻意把握、精心运用各种"时",达成与宇宙生命的和谐,这是中国古人生活的主要目的和内容。对万物流逝、变化和不断生成的欣然接受,成了中国思想的特质。此外,个体的有限性消融于全体的无限性之中,表现为对"历史"的格外尊重。在中国古代,历史是一切科学之王。存在的历史性是中国古人潜意识中一个根深蒂固的信念。个体的忧伤最终汇入历史总体之中,化为整个民族文化心理结构的一部分。[①]

在中国古代思想中,既有循环时间观,也有线性时间观——如李白《春夜宴从弟桃花园序》云:"夫天地者,万物之逆旅也;光阴者,百代之过客也。"——二者和平共处,不像在西方思想中那样纯粹、极端和排他。"自孔子至戴东原,大多哲学家都承认变化是实在的,一切物都是变动的,宇宙是一个如川的大流。西洋及印度的哲学家,有认为变动是虚幻者,在中国似乎没有。中国思想家都认为变动是实在的。这是中国哲学之一个特点。"[②] 中国古人既没有印度 - 希腊人意义上的循环时间观,也没有犹太 - 基督教意义上的线性时

①　参见吴国盛:《时间的观念》,商务印书馆 2019 年版,第 50—55 页。
②　张岱年:《中国哲学大纲》,中国社会科学出版社 1982 年版,第 98 页。

间观。中国古人的时间像季节那样承先启后、循环往复，没有现代人的那种绵延性。四季和朝暮的自然变化，是在说明古人对时间的感受。道家的循环时间观，没有将个体束缚在恒定不变的循环当中，而是在强调千方百计摆脱时间对个体的羁绊。若能脱离时间的羁绊，也就是一种超越。因此，《庄子》要人们放弃形躯，假如从循环的时间观来看，则一切皆为创造、破坏、再创造的原型回归。①

① 参见郑振伟：《道家诗学》，江苏人民出版社 2009 年版，第 61—64 页。

第二节 ●
西方古代时间观 ●

　　希腊文化和基督教文化是近代欧洲文明的两个来源，它们共同铸造了近代的时间概念。[①] 与中国人一样，古希腊人对生命特别敏感，他们也认为宇宙中一切都是有生命的。在希腊人看来，生命即生长，而生长必指向一个目的；唯有真正理解了目的，才能真正理解生命。为此，他们以追问本质世界的方式来使生命获得意义，生命的概念通向本质、存在、理念、形式。

　　希腊民族是一个有哲学特质的民族，他们的时间观很大程度上是通过哲学文献来表达的。循环时间观是希腊思想中比较突出的时间观。循环时间观指的是，将时间理解成一个有秩序的运动，周而复始，周而复返。希腊哲学的始祖泰勒斯（约公元前 624—前 547）提出的"本原"概念就有循环意味。在泰勒斯看来：万物出自本原，最终又复归于本原；时间对生命具有决定作用。在泰勒斯的学生阿那克西曼德

---

① 本节参考吴国盛：《时间的观念》，商务印书馆 2019 年版，第二章、第三章。

（约公元前610—前546）的著名残篇中展示了这种循环观：

> 各种存在物由它产生，毁灭后又复归于它，都
> 是按照必然性而产生的，它们按照时间的程序，为
> 其不正义受到惩罚并且相互补偿。①

这里表明，存在物的生生灭灭之循环过程是在时间之中进行
的。阿那克西曼德把时间看作万物从始基"无限"产生，又
复归于它这一运动过程的程序。②

希腊人的不朽观与循环观紧密相连。循环意味着既有某
种变化的东西，又有某种不变化的东西，是变化与不变化的
一种统一。毕达哥拉斯及其学派认为，人的肉体之朽是不可
避免的，但灵魂不朽和重复投生赋予了生命永恒的意义。这
种灵魂不朽观在希腊思想中有很大影响，诗人品达罗斯、历
史学家希罗多德、哲学家恩培多克勒和柏拉图等都持有这种
信仰。

赫拉克利特也持一种时间循环观，他的残篇第76描述
了火、气、水、土四元素相互循环转生的事情，残篇第30
指出宇宙过去、现在、未来永远是一团"永恒的活火"，在

---

① 转引自汪子嵩等：《希腊哲学史》第一卷，人民出版社1988年版，第187页。
② 参见爱德华·策勒尔：《古希腊哲学史纲》，翁绍军译，贺仁麟校，上海人民出版
社2007年版，第36—37页。

一定的尺度上燃烧，在一定的尺度上熄灭。赫拉克利特又发挥了阿那克西曼德的观点，其名言是："一切皆变，无物常住。""一个人不可能两次踏进同一条河流。"赫拉克利特既讲流变之绝对性，又讲变化之度、讲逻各斯，因为"万物都按照这个逻各斯而产生和变化"（残篇第1）。逻各斯是万物变化的普遍尺度，它通往理性、规律。

斯多亚学派将赫拉克利特的理论改造和解释成一个无限循环的宇宙论，认为各行星经过一定时间的运行会回复到宇宙形成之初的相对位置，会给万物带来灾变和毁灭；随后，宇宙又精确地按照和以前一样的秩序重新恢复起来，星辰重新按照以前的周期在以前的轨道上运行，一切都毫无变化。[1]

埃利亚学派否定实在世界的时间性。色诺芬尼说："世界不是产生出来的，而是永恒的、不可毁灭的。"（残篇第37）巴门尼德否定变化的真实性，铸造了一个永恒的、不变化的本质世界，他根本不认为存在之间有什么差别。他说："存在物也不可分，因为它的各个部分都是完全同样的。"（残篇第8）

巴门尼德的学生芝诺从不同角度证明了运动是不可能的：要到达目的地，首先得到达中点，而要到达中点，首先

---

[1]　参见 G.J. 威特罗：《时间的本质》，文荆江、邝桃生译，科学出版社 1982 年版，第 7 页。

得到达新的中点，以此无穷后退，我们实际上一步也迈不出去，这是二分法悖论；善跑的阿喀琉斯要追上乌龟，首先得到达乌龟现在的位置，待他赶到现在的位置，乌龟又走了一段距离，他又得首先赶到乌龟新的位置，待他赶到这新的位置，又有新的位置等着他，如此无穷推理，"阿喀琉斯永远追不上乌龟"；飞动的箭在任何一个时刻总处在一个确定的位置，而处在一个位置就意味着静止在这个位置上，所以箭在任何一个时刻都是静止的，故"飞矢不动"；两列物体相对于第三列物体向反方向运动，它们之间的相对位移会出现同时是一和二的层面，这是运动场悖论。

　　芝诺的这四个悖论都涉及可分问题，这只有将运动看成一个已然完成了的自在的过程才是可能的。芝诺的论证全都预先确立了这个前提，即用运动的轨迹代替运动本身。他用对运动轨迹的空间性分析代替对运动本身的时间性分析，当然达不到论证运动的目的。基于生命和生命存在时空的差异来思考时间，芝诺发现了个体生命的时间与空间的对位关系。芝诺的论证同时使用了测度时间和时间之流两种时间概念，用对测度时间的逻辑分析，论证时间之流是不存在的，这揭示了整个西方形而上学时间观蕴含的内在矛盾。①

----

① 　参见吴国盛：《时间的观念》，商务印书馆 2019 年版，第九章"时间之流的哲学阐释"。

　　柏拉图把宇宙视为球体，认为如果将其循环的回转运动分节计算的话，就会产生时间。柏拉图区分了两个世界：一个是变动不居的现象界、感觉的世界、意见的世界；一个是永恒不变的形式世界、理性的世界、真理的世界。理念的世界是没有时间的，只有对理念进行模仿的宇宙中的事物才有时间；宇宙中的时间就是天球的永恒运动，是完全空间化的时间，是理性的标度的时间。

　　亚里士多德指出："我们一方面用时间来计量运动，另一方面也用运动来计量时间。"[①]"如果意识不存在，时间是否存在呢？所以会产生这个问题是因为，如果没有计数者，也就不能有任何事物的被数，因此显然不能有任何数，因为数是已经被数者或能被数者。……如果没有意识的话，也就不可能有时间，而只有作为时间存在基础的运动存在了（我们想象运动是能脱离意识而存在的）。"[②]也就是说：时间只是运动的数，不是计数的数，而是在运动里的被数的数；运动与时间并不是同一事物，由人类精神赋予运动的数值便是时间，即时间既与运动相关，又跟数数者、跟意识相关。亚里士多德意欲表明，时间存在于意识与运动的交互关系之中，而将时间跟运动物体与主体的照面紧密结合起来，其中暗含

---

①　亚里士多德：《物理学》，张竹明译，商务印书馆 1982 年版，第 129 页。
②　亚里士多德：《物理学》，张竹明译，商务印书馆 1982 年版，第 136 页。

着生存存在论的视野。海德格尔评论道:"亚里士多德的时间论著是流传至今的对时间这一现象的第一部详细解释,它基本上规定了后世所有人对时间的看法。"①

基督教从犹太文化中生长出来,继承了犹太思想中强烈的历史意识。《旧约全书》是犹太教与基督教共同的"圣经",它既是开天辟地的神话,也在讲述世界的终结。《出埃及记》讲述了以色列史是从埃及出发,朝向约定地点迁移的过程;其中的历史事件只出现一次,它的意义来自回顾过去、展望未来的相互关联的体系。作为典型的直线型、发展型政治史,《出埃及记》赋予了犹太教时间观永远持续的形式。如日本学者加藤周一所言,"有始有终的时间被表现为两端封闭的有限直线(线段)那种历史性时间表象,那是犹太教、基督教世界的特征。时间在直线上从起点指向终点,带着强烈的方向性来流动"②。

基督教增添了《新约全书》,它引入了"原罪""神恩""拯救"等概念,将只属于犹太民族的宗教扩展成带有普遍主义色彩的宗教。基督教引入了一个新的历史事件,即基督耶稣的诞生,并将它作为历史理解的重心,过去、现在和未来的时间尺度都建立在这个事件之上。"对基督教来

---

① 海德格尔:《存在与时间》,陈嘉映、王庆节译,熊伟校,陈嘉映修订,生活·读书·新知三联书店 2012 年版,第 31 页。
② 加藤周一:《日本文化中的时间与空间》,彭曦译,南京大学出版社 2010 年版,第 1 页。

说，在上帝的眼中人人平等……所有的人和所有的民族都包罗在上帝目的的规划之中，因此历史过程在任何地方和一切时间都属于同样的性质，它的每一部分都是同一个整体的一部分。"[1] 基督教既与形而上学的解释不相容（它降低时间的价值，借助"此处""彼处"的维度来取代时间），又同历史循环论的解释不相容（它因时间的缘故，抽掉了历史本身的内涵），因此，"基督既是历史的终点，又是历史的目的，而时间则是使这双重断言成为可能的条件"[2]。

基督教的时间观是线性的时间观。对这种时间观而言，未来是开放的、能动的、创造性的，是通过基督的复活，尘世得以从罪恶中赎救出来的可能性。对基督徒而言，他们的时间概念是一种对未来有所期待的时间。"末日"先行到现在之中，这种先行又总与对基督降生的回忆结合在一起，从而赋予每一现在的时间以意义。[3]

奥古斯丁敏锐地发现循环观与基督教教义之间的深刻矛盾：如果宇宙有循环，基督受难和再临就丧失了独一无二、至高无上的意义；我们同苦难做斗争，争得上帝的荣光的企图，由于宇宙的循环而变得十分浅薄，因为我们必将再次陷

---

① R.G. 柯林武德：《历史的观念》，何兆武、张文杰译，中国社会科学出版社 1986 年版，第 55—56 页。
② 参见路易·加迪等：《文化与时间》，郑乐平、胡建平译，顾晓鸣校，浙江人民出版社 1988 年版，第 231—232 页。
③ 参见吴国盛：《时间的观念》，商务印书馆 2019 年版，第 92—93 页。

于苦难，我们怎么会有对上帝的爱呢？对奥古斯丁来说，关于历史的循环理论是令人憎恶的，因为它会否定耶稣基督的唯一性及其对"福音"的许诺。

奥古斯丁认为，作为上帝的造物，"时间不论如何悠久，也不过是流光的相续，不能同时伸展延留，永恒却没有过去，整个只有现在，而时间不能整个是现在，他们可以看到一切过去都被将来所驱除，一切将来又随过去而过去，而一切过去和将来却出自永远的现在"（《忏悔录》卷 11·11）。在奥古斯丁看来，创世不在时间之中，上帝的永恒不是在时间之中的永恒；"你创造了一切时间，你在一切时间之前，而不是在某一时间中没有时间"（《忏悔录》卷 11·13）。

像所有早期教父一样，奥古斯丁继承了柏拉图的时间哲学思想。柏拉图认为时间是被创造的，并区分了两种永恒：形式世界的永恒不朽和时间中的永恒流逝。在奥古斯丁看来，过去和将来在某种意义上是存在的，它们只能在现在存在。过去只存在于现在的记忆之中，将来只存在于现在的想象和预期之中。因此，时间可分为过去的现在（记忆）、现在的现在（直接感觉）和将来的现在（期望）三部分（《忏悔录》卷 11·20）。奥古斯丁将时间的存在全部缩至现在，将自在之流缩成此刻的内心状态，开时间内在化之先河。

时间一旦被内在化，希腊哲学家关于时间的天球运动的思想便受到了质疑。奥古斯丁问道：如果天球不再转动，是否就不再有时间了呢？天球的运动诚然是对时间的度量，但不能等同于时间；作为一种运动，它也借时间来度量自己。那么，这个用来度量天球运动的时间是什么呢？经过反复辨析，奥古斯丁认识到，这个就是存在于心灵的时间："我的心灵啊，我是在你里面度量时间……事物经过时，在你里面留下印象，事物过去而印象留着，我是度量现在的印象而不是度量促起印象而已经过去的实质；我度量时间的时候，是在度量印象。"（《忏悔录》卷 11·27）

在时间观念史上，奥古斯丁首次奠定了单向线性时间观的基础。时间之流的内在化，使奥古斯丁能够回答上帝不在时间之流中所导致的困难；时间之流纯然是人心中的存在，时间对上帝而言根本不存在，上帝由此摆脱了时间的束缚。希腊哲学将时间归属于现象领域，或否认它的真实性，或降低它的地位。对基督教而言，一切都是上帝创造的，一切都有了某种神圣性。通过时间的内在化，奥古斯丁开辟了与希腊哲学完全不同的一条道路，它同样重视现象和自由意志。在现代哲学中，胡塞尔和海德格尔就走在这条道路上。[1]

---

① 参见吴国盛：《时间的观念》，商务印书馆 2019 年版，第 95—101 页。

第三节 •
西方近现代时间观 •

　　欧洲文艺复兴以降，世界历史进入了一个全新的时代。文艺复兴可以说是犹太－基督教文化与希腊文化的一次大交锋，线性时间观与循环时间观之间的斗争十分激烈。十六、十七世纪的科学革命很大程度上是对希腊思想的复归，当时最先进的科学家（布拉赫、开普勒、卡尔达诺、布鲁诺、马基雅维利、康帕内拉等）都持循环观，启蒙运动的先驱培根、虔诚的信教者帕斯卡尔则接受线性观。

　　1687年，牛顿出版了《自然哲学的数学原理》，在"注释"（Scholium）里区分了绝对时间与相对时间："绝对的、真实的、数学的时间。这种时间由其本身的特性所决定，它均匀地流逝着，与外在的所有事物没有任何关系，因此，它又被称为延续的时间。而相对的、表象的、普通的时间是外在的并能被感知的，它是对运动的延续的度量，通常可用它来代替真实的时间。"[①] 在牛顿看来，绝对时间是运动方程内

————————

① 艾萨克·牛顿：《自然哲学的数学原理》，任海洋译，重庆出版社2015年版，第7页。

在蕴含的一个因素，相对时间只有通过运动方程才能得到测定。牛顿的绝对时间观与技术时代人们的日常经验相符合。在牛顿力学里，时间是一个先定的、不再更动的框架，是某种指示性的坐标。牛顿最杰出的后继者拉普拉斯指出："我们应该把宇宙的目前状态视为其先前状态的结果和继后状态的原因。"(《概率的哲学导论》) 牛顿是一个坚决的循环观捍卫者，他认为大自然是一个永恒循环的创造者，世界的这一周期快要完结，末日就要来临。

18 世纪启蒙运动使线性发展的观念深入人心，19 世纪进化论的创立及其被广泛接受，更使线性观彻底取代了循环观的支配地位。不过，受神秘主义传统影响，德国思想家仍对循环观情有独钟，如，黑格尔认为，自然是循环往复、周而复始的，历史则兼有线性和循环的特征，而"决不重演它自己；它的运动不是在循环中而是在螺旋中进行的，表面上的重复总是由于获得了某些新东西而有不同"[1]。

线性时间观包括时间的单向观念与时间的线性无限观念。在技术时代，时间的线性无限观悄然生长，蔚然成风，最后给予时间的单向观以决定性的支持；"钟表社会学的、单调乏味的、线性推进的时间观念，与人类社会无限进步

---

[1] 参见 R.G. 柯林武德：《历史的观念》，何兆武、张文杰译，中国社会科学出版社 1986 年版，第 130 页。

的、不可逆转的单向时间观相结合，构成了技术时代典型的时间观"[1]。这种时间观远离自然的生命节律，受到许多思想家不懈的质疑和反对。

笛卡尔将空间性归属于物质世界，而将时间性归属于精神世界。他在《哲学原理》第一章第 57 节写道："就以时间而论，我们就以为它和一般的绵延有别，而且称它为运动的尺度，它只是我们在存想绵延本身时的某种情状……我们所称为时间的那种东西不是加于一般绵延上的一种东西，乃是一种思想方式。"[2]笛卡尔这段话表明，物理世界的唯一属性是延展（既包括空间意义上的三维广延，也包括时间意义上的一维绵延），时间是"一种思想方式"，它属于思维领域的某种属性，不是物质世界的属性。

正如洛克所指出的，绵延是无限进展的一条长线，是一种流逝着的广袤，是一切存在的一种公共度量；我们之所以有绵延观念，起于对自己理解中前后连续的一串观念的反省。[3]斯宾诺莎认为，时间不是事物的状态，而是一种用来说明绵延的思想样式，我们必须以稍纵即逝的东西的价值、蛇骨上的迷人金色闪光等反对永远不变的东西的价值，必须把对自我的思考同对宇宙的思考区分开来。

---

① 参见吴国盛：《时间的观念》，商务印书馆 2019 年版，第 118 页。
② 笛卡尔：《哲学原理》，关文运译，商务印书馆 1958 年版，第 22 页。
③ 参见洛克：《人类理解论》上册，关文运译，商务印书馆 1959 年版，第 150—151 页。

受斯宾诺莎启发，康德也将自然科学和纯粹理性予以区隔，他说："时间不是某种由于自身而存在的东西，时间也不是某种最为客观的规定附属于事物的东西……时间不过是内感官的形式，也就是，对于我们自己和我们内部状态的直观形式。……时间只牵涉到在我们内部状态里的诸观念的关系。"[①]康德认为，我们能从思维中去除一切经验的感性因素，但却去除不了时间和空间，"它们是先天地给经验的东西做基础的"[②]，是"人类的理性本性按照一定的规律整理全部感性东西所必需的主观条件"[③]。这个去除了一切经验感性因素的时间，在牛顿那里是绝对时间，在康德那里则为先天感性形式。在康德看来，时间不是自在地存在着的事物，它隶属于人内在性的一部分，是自我内感官的形式：时间的主体化，保证了普遍必然知识的可能性。用康德自己的话说，"我的空间和时间的唯心性的学说……是保证最重要的知识之一（即数学所先天阐述的知识）得以应用于实在的对象上去以及阻止人们去把它当做仅仅是假象的唯一办法"[④]。康德将时间主体化而使时间成为现象界先验的境域的思想，带

①　转引自《十八世纪末—十九世纪初德国哲学》，北京大学哲学系外国哲学史教研室编译，商务印书馆 1960 年版，第 24 页。
②　康德：《任何一种能够作为科学出现的未来形而上学导论》，庞景仁译，商务印书馆 1978 年版，第 42—43 页。
③　康德：《纯粹理性批判》，蓝公武译，商务印书馆 1995 年版，第 58 页。
④　康德：《任何一种能够作为科学出现的未来形而上学导论》，庞景仁译，商务印书馆 1978 年版，第 55 页。

动了 19 世纪末期以后哲学家对时间的重视。

　　柏格森认为，伟大的哲学家一辈子实际上都只想一个问题，这个问题就是时间。他把时间置于比空间更优越的地位。在柏格森看来：时间并非抽象的形式，是人和世界存在的纽带，通过运动－变化的结构，时间可以呈现事物的存在，使人成为世界的一部分；生命与世界都处于创造性进化的过程，生命现象可归纳为"生命冲动"和"绵延"；时间是各个瞬间彼此渗透的"绵延"，"绵延"可通过集中的内省而被意识到，其刻度是"自由意志"；生命只能靠直觉来把握，直觉即创造。柏格森创造性地把生命冲动与创造进化化为一体，描绘了一幅与自然科学不同的宇宙进化图景。

　　时间理论是现象学的座架，是现象学家思想运作的基础。胡塞尔提出，有两类看待时间的方式：客观的方式和主观的方式，外在的方式和内在的方式。在他那里，意识对象的建立机制在时间的讨论之中展开："时间讨论必须完全排除任何与客观时间有关的设想、信念（排除所有对实存之物的超越预设）"，"我们所接受的不是时间的实存，不是一个事物延续的实存，以及如此等等，而是显现的时间、显现的延续本身"[①]。胡塞尔将时间视为人类经验的结构形式，指

———————

① 埃德蒙德·胡塞尔：《内时间意识现象学》，倪梁康译，商务印书馆 2009 年版，第 34 页，第 35 页。

出意识行为总是与滞留（Retention）和前摄（Protention）结合在一起，意识内容不是一个单纯的点，而是一个包括了原初印象、滞留和前摄在内的对"时间场"的知觉。胡塞尔提出回到实事本身，不仅是要回到现象，而且是回到现象的显现，回到现象的发生过程，回到主体性，回到时间，回到"构造着时间的河流"①。胡塞尔强调，知觉行为既指向现在，也同时指向过去和未来。胡塞尔从内在意识的角度发掘时间观念的起源，将过去、现在、未来三个时间向度结合在一起，作为意识的直接给予，从而保证了时间流逝感的原初性和直接性。

海德格尔拒斥"流俗的"（Vulgäre）或传统意义上的时间观，即把时间看成一个现成的自在的"序列流"。海德格尔所谓的时间不是一种可以被对象性地把握的存在者，而是此在最本质的存在结构。为了从存在论解释时间，他区分了时间与时间性，认为存在只有借助时间性才能开显出来。时间性是一种可能性存在，时间性存在就是持守着可能性且总是持守着可能性的存在，也就是此在——我们自己一向所是的、能追问存在问题的一种特殊的存在者。

时间性即"到时"（Zeitigung），也就是到其时机，

---

① 埃德蒙德·胡塞尔：《内时间意识现象学》，倪梁康译，商务印书馆 2009 年版，第 109 页。

"是……时候"。时间性的"到时"就是时间，就是时间性的展现或显现，展现为"是……时机"。时间性是在此在的分析中明朗起来的：此在"在世"有三种方式，即"现身""领会""沉沦"，它们分别对应于已在、将来和当前；将来、当前和已在标志着三种意向性结构，即"走向自己"（Auf-sich-zu）、"让……来相遇／照面"（Begegnenlassen von）和"返回自己"（Zurück ahf），它们的共同特征是"出显"，即"出离自身"；时间性以不同时间样式"到时"，根据不同的意向性结构而展开不同的视域，即此在理解自身的边界或者意义架构。时间作为存在的视域，或作为将来展开的视域，本真或非本真地走向自己；或作为当前展开的视域，"让……来相遇／照面"；或作为已在展开的视域，本真或非本真地返回自己。

作为时间性"到时"的时间是整体的时间，视域也是整体的视域，已在、当前、将来作为不可分割的统一整体组建着此在的存在。这种整体"到时"的时间即海德格尔所谓的"本源时间"。作为存在之意义的时间，就是此在的在世之在。此在是一种离心的、出神的、绽出的实存；有了此在，他就为自己编织、构建了一个世界。借用拉康精神分析的术语，存在就是此在的肉身实存的一种"效应、效果（Effet）"。

第四节 ⋮
从时间把握存在 •

　　人是时间性的存在。时间深深嵌入我们的日常生活，聚集着最丰富的多样性和最真切的统一性。置身于机械复制、数字复制的时代，时间成了贯穿整个天地万物存在的规则和命令，被强行嵌入我们的生命和生活之中。当我们的身心被植入过多的时间指令，便导致了人的内在分化。时间作为一种觉悟和创造的本能越是退化，我们的心灵越没有自己的空间，我们的情绪、行为就越趋于固化，生命的节律随之丧失。实际上，时间时刻保持着刻度规定的多样性，而时间的刻度是由我们自己来确定的。在某种意义上，对时间及其本性的理解是对我们的文明、我们的生活方式进行彻底反省的重要途径。

　　时间是一切有洞见的思想家自觉或不自觉的灵感生长点。莱辛提出时间艺术和空间艺术的分野，称文学为时间的艺术，正是因为语言提供了一种关系结构的模式，是对时间观念的某种组织表达；语言联结了人与世界，通过语言，人与世界得以展开对话。尼采认识到，艺术可以把人的目光从吸附于不断在时间中出现的同质化之物的肤浅状态中移出来，引导到持久和永恒的东西上，"我用'非历史的'这个词来表示能够遗忘并把自己封闭在一个有限的视域里面的艺术和力量"①。尼采指出，诗的语言、艺术的语言可让时间凝固，并成为一种美的形式。他说："除了自己安插进去的东西外，人在事物中再也找不到什么了：这种再发现被称为科学，安插——艺术、宗教、爱、骄傲。"②所谓"安插"，即赋予事物以诗意，通过艺术的形式改造世界，乃至创造世界。阿多诺认为："这种拥有治愈功能的疾病便是美。它能使生命停歇，从而阻止其衰颓。"③韩裔德国哲学家韩炳哲指出："艺术品最初是一种宣言，宣示了一种浓烈、富足、华美的生命形式。"④他将逗留的瞬间视为美发生的时间，"沉思着陷人美之中，欲念即退去，自我亦退去，于是仿佛出现了时间仿佛已经静止的状态"⑤；这种审美瞬间是维持审美否定性、实现审美救赎的时间性基础，"只有在凝思的生命恢复的时刻，时间危机才能被克服"⑥。就文学而言，语言

---

① 参见尼采：《不合时宜的沉思》，李秋零译，华东师范大学出版社 2007 年版，第235—236 页。
② 弗里德里希·尼采：《权力意志》，孙周兴译，上海人民出版社 2018 年版，第188 页。
③ Theodor W. Adorno, *Minima Moralia: Reflexionen aus dem beschädigten Leben*, inders., *Gesammelte Schriften*. Bd.4, Frankfurt am Main, 1980, S.73.
④ 韩炳哲：《倦怠社会》，王一力译，中信出版集团 2019 年版，第 101 页。
⑤ 韩炳哲：《美的救赎》，关玉红译，中信出版集团 2019 年版，第 89—90 页。
⑥ 韩炳哲：《时间的味道》，包向飞、徐基太译，重庆大学出版社 2018 年版，第4 页。

的可能性意味着世界的可能性，人可从语言的世界获得一种自我解放的力量。意大利未来主义诗人马里内蒂在《时间与空间》里写道："啊，时间／我要向你发起攻击／斩断你的翅翼／窒息你的时针哮喘的声音／你向空间／这个步履艰难的老朽求援吧／／……／／一切都缺乏秩序和精确／我，一个强者／能够使一个钟点／具有一个星期的生命／或者，把钟点／像柠檬一般／紧捏在坚硬的手心里／挤出一刻钟的／乳汁！"[①]

　　本维尼斯特指出，语言通过和哲思截然不同的方式使时间概念化，在表达主体经验的所有语言形式中，最丰富、最难以探究的莫过于表现时间的语言形式。他把时间分成三种：物理时间、纪年时间和语言时间。物理时间是一个均匀的、无限的、线性的、可任意切分的连续体，"它在人身上的相关物是一段无限多样的绵延，每个个体可根据自己的情感和内心生活的节奏对之加以测度"。纪年时间是事件的时间，"这一时间将我们自己的生命也作为一系列事件包含在内"；在纪年时间里，时间是个连续体，作为事件的不同集块在其中依次排列。语言时间即语言现在时，是由陈述行为实现的，是言说的人通过话语自立为主体的时间；"它和言

---

① 马里内蒂：《时间与空间》，张秉真、黄晋凯主编：《未来主义·超现实主义》，中国人民大学出版社1994年版，第128页，第130页。

语实践有机联系在一起，作为话语的功能被界定并被组织起来。这一时间的中心——既是生成中心又是个轴线中心——位于言语之际的现在"；每当我们说话时，这个"现在"就被重新创造出来。从"现在"这一语言时间出发，本维尼斯特将我们带到了对存在本质的追问那里："现在时正是时间的源泉"，它"与我们自身的存在共生同延"[①]。现象学家梅洛－庞蒂表达过几乎同样的观点：时间最终是存在的延伸。

叙述是构筑世界的一种艺术，其中的世界支撑起诸多人物和故事。故事的世界可理解为由叙事或明或暗地创造的世界，或者说，是阐释者形成的对于情景、人物、事件序列的推断框架。其中，具有深度、宽度和高度的时间设计，通过旋律、节奏、视角和情感动力的不断变化，系统地组织并管理着各种生命体验，并教会我们关于自身以及这个世界的真理，而用崭新的态度回应、对待这个世界。即便佛经中提及的佛祖讲经，也以"如是我闻"的叙说方式将故事发生的时间全然虚化，而将被虚构为历史的可能诉诸没有时间向度的囚而也就是永恒的事实——这也是一种时间的设计方式。无论如何，正如斯蒂格勒所指出的："一切形式的'故事讲述'都会而且必须在讲述的时间里，对被讲述之事的时间进行删

---

① 埃米尔·本维尼斯特：《普通语言学问题》（选译本），王东亮等译，生活·读书·新知三联书店 2008 年版，第 145 页，第 146 页，第 150 页，第 163 页。

节和压缩。"“真正的时间客体不仅简单地存在于时间之中，还必须在时间中自我构成，在时间的流动中进行自我组织。”[①]在这个意义上，在时间流中自我组织、自我构成的文学便成了一个想象性的时间客体；其中，语言与时间并行，语言的结构关系表现为某种对应的时间关系，精神活动由此得以在时间中定位。

汉学家克洛德·拉尔的艺术感觉还是不错的，他指出："中国的艺术——诗歌、绘画和陶器具有一种强烈而细腻的印象主义风格，实质上它意味着一种富有特点的时间品味方式。中国人的感受性完全协调于变化着的自然状态、瞬息即变的欢乐以及十分微妙的瞬间和谐。……时间的特性被当作茶、纸、丝或其他无数种赋予生活以魅力的东西的特性来鉴赏。"[②]譬如，四季循环是时间流逝的主要原型，中国古代律诗的形式规范集中体现了这种时间观。律诗的音韵、字句、意义等各层面都象征着中国文化的宇宙结构：律诗的平仄宛若阴阳，一阴一阳之谓道，一平一仄形成诗；押韵使平仄结构形成旋律，如同阴阳相依、彼此转化一般；每双行的末字押韵形成四联，正如一年之有春夏秋冬四季；每一韵脚既含

---

① 贝尔纳·斯蒂格勒：《技术与时间：3.电影的时间与存在之痛的问题》，方尔平译，译林出版社 2012 年版，第 35 页，第 16 页。
② 克洛德·拉尔：《中国人思维中的时间经验知觉和历史观》，见路易·加迪等：《文化与时间》，郑乐平、胡建平译，顾晓鸣校，浙江人民出版社 1988 年版，第 32 页。

一联完成的停顿，又意味着随即有新一联的开始——押韵和平仄一道形成了律诗和谐整体的基础。律诗的音韵有"对"有"粘"，一联之内必须平仄相对，联与联之间必须相粘；"对"讲究对称与丰富，"粘"显示连续与统一——联联相生相应，不变而变，变而不变，秩序整严，韵律华美，气韵生动。律诗的音韵规律形成了一种境界，艺术地显示了中国文化的生活节奏、生命情调和宇宙观念。律诗的中间两联往往具有核心地位，其内容或充盈关怀人间世情的慨叹，或呈现"与天地同流"的气象，或叙写浩瀚无边宇宙的悟境，在对仗工稳之中彰显"顶天立地"的气概；律诗最后一联则要有言外之意，把字词的完结变成意义的未完结，由有限上升到无限，指向深沉丰富的宇宙人生之韵。①

又如，明清小说的"太史公笔法""起结"等叙事方法，同样体现了中国传统的时间观。"太史公笔法"，主要是以纪传体方式撰写合传与列传，这是一种编年体的时间叙事。明清小说家在遵照时间叙事时，并非机械、刻板地严守年复一年的时间，否则无异于记长篇流水账。如：《金瓶梅》把小说的时间框架纳入"春秋冷热"的自然循环构架之中，把三四年间发生的事情一一叙述一遍；小说的时间是从叙事的

---

① 参见张法：《中国艺术：历程与精神》，中国人民大学出版社 2003 年版，第 206—208 页。

循环时间出发的，即便其中人物年龄前后不符，表现出具体时间的错乱，作家对此也毫不介意，小说评点家亦称之为神妙之笔。又如，《红楼梦》第一回写道："历尽离合悲欢炎凉世态的一段故事……不过只取其事体情理罢了，又何必拘拘于朝代年纪哉！"这里的"离合悲欢炎凉世态"便隐含了自然时间的冷热循环，对应了四季的起承转合，其所在意的是循环的时间结构而非"朝代年纪"。这和《金瓶梅》"特特错乱其年谱"（张竹坡评语）如出一辙。

"起结"既是一个时间概念，指事件发生的长度，开始与结束；又是一个空间概念，指空间点位的建构，起点与终点。如，毛宗岗指出，《三国演义》"总起总结之中，又有六起六结"，"总起总结"指整个叙事时间的总长度，"六起六结"指叙事的六个时间段落。毛宗岗接着指出，小说在时间框架中是以空间的建构——"定许都""定江东""取西川"——确立其叙事结构的。因此，时间的"起结"只是文本建立的一个预定的秩序框架，空间的"起结"才是一个有活动内容的实体；空间充满了时间，时间由此获得形态化的意义，此之谓时间的空间化。同样，《水浒传》三次对"石碣"的描写，《金瓶梅》起于玉皇庙、终于永福寺，《红楼梦》里贾府的兴衰以大观园的兴建、衰落为标志，都体现了这种空间－时间结构的运动。明清小说里的"起结"，不仅有文本总体叙事的起点与终点，还有其中部分段落描写的起点与终点，它们构成了空间布局中多层次的照应与关锁。无论如何，时间与空间同一，空间的起点与终点贯穿着时间的开始与结束，空间－时间运动有着共同的方向性——这样的观念与中国古人的宇宙意识是一致的，天人合一，万物皆备于我。[①] 中国传统的时间观，使中国故事形式显现出种种特征：至高无上的天命，季节划分，编年史风格，以及后来在所谓的古典时代采用的伴随着精心构思、言简意赅的劝诫口吻和论辩主题。[②]

时间的方向性体现为事情的前后关系。西方经典叙事学理论在区分了"故事时间""叙事时间"的基础上探索了各种形式的时间倒错现象。如，热奈特指出，"叙事时间"是叙事作品换喻意义上的、向它本身的阅读借用的一种"伪时间"。热奈特从时态范畴衍生出时序、时距、频率三个概念。时序有两种主要类型的时间错位，即"预叙"（提前叙述或启用一个以后发生的事件）和"倒叙"（在故事中任何一个特定时刻唤起一个此前已经成为事实的事件）；此外，还有作为"双重错位"的"无时性"现象，即意识流小说中常见的"倒叙中的预叙"和"预叙中的倒叙"。时距是指话语时间和

① 参见张世君：《明清小说评点叙事概念研究》，中国社会科学出版社 2007 年版，第 35—43 页。
② 参见克洛德·拉尔：《中国人思维中的时间经验知觉和历史观》，见路易·加迪等：《文化与时间》，郑乐平、胡建平译，顾晓鸣校，浙江人民出版社 1988 年版，第 31—64 页。

故事时间之间的长度关系，它有"省略"（叙述速度的最大化，叙述时间减至零）、"停顿"（叙述速度最小化，故事时间减至零）、"场景"（叙述时间无限接近故事时间）和"概要"（叙述时间大幅缩减）四种基本类型（查特曼补充了第五种类型"延缓"，以适应电影等新媒体语境的需要）。频率指故事时间中事件出现的次数与话语时间中事件被叙述的次数之间的关系，包括"单一叙述"（讲述一次发生过一次的事）、"重复叙述"（讲述几次发生过一次的事）和"概括叙述"（讲述一次发生过几次的事）等类型。"重复叙述"的典型例子是福克纳的小说《押沙龙，押沙龙！》，查尔斯·邦的谋杀在小说中被叙述了 39 次，每次重复在叙述者、聚焦者、时距、叙述主题、风格等方面都不一样。《红楼梦》第五回在说到贾宝玉和林黛玉的亲密友爱时，用了"日则同行同坐，夜则同息同止"一笔带过，这是典型的"概括叙述"。

西方现代小说往往倾向于利用错综复杂的时间关系传递微妙的叙事情态。杰出的小说家能够通过给予句子每一部分以时间，颠覆以往有关写作和语言的观念，编织出一个精美的故事世界。如，马尔克斯《百年孤独》的核心问题是历史与时间，它以人类的孤寂为题材，启示人们只要人与人之间还能相爱，就能克服一种无聊的重复感，世界就有希望。小说开篇这样写道："多年以后，面对行刑队，奥雷里亚诺·布恩迪亚上校将会回想起父亲带他去见识冰块的那个遥远的下午。"① 然后，笔锋一转，又把读者引回到马孔多的建村时代。评论家杰拉德·马丁认为，这"堪称自三百五十年前《堂·吉诃德》出版以来西班牙文学中最伟大的开篇"。《百年孤独》的开篇独创了"双重错位"的"无时性"手法，即"预叙中的倒叙"。小说第一句话从未来的角度来回忆现在，是笼括了过去、现在、将来的高复合性叙述句。这样写首先造成悬念，读者想知道奥雷里亚诺·布恩迪亚上校是谁，但父亲出场后，上校还是迟迟不露面，而使读者非得往下看不可。其次，预先设计好未来的结局，这就要求作者更加严密地构思，增强作品的艺术性。用马尔克斯自己的话说，这种写法"是全书各种因素的实验所，它决定着全书的风格、结构甚至篇幅"②。这种既瞻前又顾后的时间叙事，为小说画出了一个奇妙的圆圈；它不仅形象地指涉了地球，也是小说孤独主题的一种象征。

在现代主义小说中，由于情节的淡化，时间、空间上的邻近性作为小说结构原则的重要性日益减弱，取而代之的是小说组成部分之间的相似性；基于这种相似性的结构原则，隐喻在现代主义小说中发挥着更为重要的作用。

当下最能体现时间艺术的是电影。"比之空间、光线或

---

① 加西亚·马尔克斯：《百年孤独》，范晔译，南海出版公司 2017 年版，第 1 页。

② 加西亚·马尔克斯、门多萨：《番石榴飘香》，林一安译，生活·读书·新知三联书店 1987 年版，第 34 页。

肌理，时间也许是被感知的现象中最主观的东西。时间在不同的个体心灵里设定不同的空间、肌理和意义。然而，时间也许是所有知觉中最基本和最普遍的；最自然出现的事物又是最容易处于无意识当中。"[①] 由于时间多处于一种无意识状态，借助现代媒介技术的力量，电影改变时间、创造时间更是不着痕迹。在观影过程中，观众的意识流被影像流所牵引，并与之重合："人们意识里的'电影'就是这样。对于影片段落所展现的客体，意识会不断地把位于这些客体之前的物体形象投映到这些客体之上。此外，这其实也正是电影的基本原则：对若干要素进行配置，使之形成同一个也是唯一一个时间流。"[②] 难怪塔可夫斯基会说："导演工作的本质是什么？我们可以将它定义为雕刻时光。"[③] 电影有着保存乃至创造时间的神奇魔力，它仿佛"给时间涂上香料，使时间免于自身的腐朽"[④]。

在《电影 I》（1983）和《电影 II》（1985）两部著作中，德勒兹通过"运动－影像""时间－影像"两大影像类型的划分，说明人们对时间的认识在 20 世纪发生了变化。在德

[①] A. 阿里克斯：《维登的〈基督下十字架〉与时间的描绘问题》，上海师范大学美术学院编：《艺术史与艺术理论 I》，中国美术学院出版社 2004 年版，第 121 页。

[②] 贝尔纳·斯蒂格勒：《技术与时间：3. 电影的时间与存在之痛的问题》，方尔平译，译林出版社 2012 年版，第 18 页。

[③] 安德烈·塔可夫斯基：《雕刻时光》，陈丽贵、李泳泉译，人民文学出版社 2003 年版，第 64 页。

[④] 安德烈·巴赞：《电影是什么?》，崔君衍译，江苏教育出版社 2005 年版，第 9 页。

勒兹看来，时间只是我们描述生命和世界的视角，事物则是描述时间的符号，这些符号的组合关系构成了影像世界。

"运动－影像"描述的是时间从属于运动的电影，如《虎胆龙威》（1988），在这类电影制作中，时间被剪辑、压缩以适应故事，时间的流逝是围绕主人公的运动发生的，并在这一过程中被空间化。在"时间－影像"中，如沃霍尔的电影《帝国大厦》，时间的流逝是凭其自身呈现的，它提供了时间的直接影像；行动不再以任何方式进行压缩，耐心的观众可以按照时间真实流逝的样子"实时"体验时间的流逝。"时间－影像"能够表达柏格森的绵延思想中蕴含的时间整体概念，它产生了一个新的时间模式：一个由虚拟路径构成的穿越时间的迷宫。这种时间模式一般有两种，即"现在之峰顶"和"过去之平面"，如《公民凯恩》（1941）、《时光重现》（1999）和费德里科·费里尼的众多电影，它们大都采用重复、颠倒或分裂的时间叙事方式。德勒兹观察到，"时间－影像"能直接捕捉绵延的虚拟存在，但这必须在时间分裂之处通过关注现在的时刻才能实现，如《去年在马里昂巴德》（1961）、《罗拉快跑》（1998）。这些电影表达了这一观念：同样的事件会在无限多的平行宇宙中发生无限多次。

除了"运动－影像""时间－影像"之外，还有"混合－影像"。它既包含了"运动－影像"的基本要素，又吸收了"时间－影像"的特征。"混合－影像"表达了一个新的时代，在这个时代里，一种新的镜头意识使我们不再可能明确区分主观性和客观性，时间同时作为现实影像和虚拟影像而呈现出模糊存在状态。[①]

英国著名哲学家塞缪尔·亚历山大（1859—1938）说："如果你们问我最近二十五年最具特色的思想是什么，我的回答就是'时间的发现'。我并不是说直到今天我们才开始了解时间，我的意思是我们仅仅是刚刚开始在思辨中认真地对待时间，并且认识到在某种意义上，时间是事物构成中的一个本质因素。"[②] 不同的时间观生成不同的时间体验，时间问题的解决通常能打通思想的边界，开启不同的文化，为崭新的社会实践开辟道路。因此，如阿甘本所言，每一种文化都首先且首要地是一种特殊的时间经验，没有时间经验的变化，任何新的文化都是不可能的——一个真正的革命的原始任务首先就在于"改变时间"。[③]

---

① 以上参见戴米安·萨顿、大卫·马丁－琼斯：《德勒兹眼中的艺术》，林何译，重庆大学出版社 2016 年版，第 130—139 页。

② 萨缪尔·亚历山大：《艺术、价值与自然》，韩东辉、张振明译，华夏出版社 2000 年版，第 132 页。

③ Giorgio Agamben, *Infancy and History: On the Destruction of Experience*, trans. Liz Heron, London and New York: Verso, 2007, p.91.

研讨专题

1. 在西方思想史上，人们对时间的看法发生了哪几次重要的变化？

2. 以普鲁斯特为例，分析柏格森时间观对西方现代派文学的影响。

3. 如何理解"回到实事本身"？

4. 海德格尔的时间观对保罗·策兰的诗歌创作产生了怎样的影响？

拓展研读

1. G. J. 威特罗：《时间的本质》，文荆江、邝桃生译，科学出版社 1982 年版。

2. 漆贯荣：《时间——人类对它的认识与测量》，科学出版社 1985 年版。

3. R. G. 柯林武德：《历史的观念》，何兆武、张文杰译，中国社会科学出版社 1986 年版。

4. 汪子嵩等：《希腊哲学史》，人民出版社 1988 年版。

5. 路易·加迪等：《文化与时间》，郑乐平、胡建平译，顾晓鸣校，浙江人民出版社 1988 年版。

6. 张世君：《明清小说评点叙事概念研究》，中国社会科学出版社 2007 年版。

7. 埃德蒙德·胡塞尔：《内时间意识现象学》，倪梁康译，商务印书馆 2009 年版。

8. 贝尔纳·斯蒂格勒：《技术与时间：3. 电影的时间与存在之痛的问题》，方尔平译，译林出版社 2012 年版。

9. 吴国盛：《时间的观念》，商务印书馆 2019 年版。

10. 海德格尔：《存在与时间》，陈嘉映、王庆节译，熊伟校，陈嘉映修订，生活·读书·新知三联书店 2012 年版。

第四章
/Chapter 4/

空间

· · · · · · · ·

与时间一样，空间也是一个古老而常新的问题。随着人与自然的分离，人渐渐有了自我意识，具有了思维和实践的能力；空间在思维和意识之中既被抽象化又被具体化，人与自然和世界既相互分离又相互融入。在属人的自然意义上，空间是人的身体、心理和技术共同建构的。空间经验，是生命体对各种空间关系的意识，也是生命体认识、创造空间的过程。大致说来，主要有三种空间经验：其一，所谓位置、地方、处所（Place）经验；其二，所谓虚空（Void）经验；其三，所谓广延（Extension）经验，即物体的大小、形状、长宽高等。"处所经验反映的是物物之间的相对关系，是空间关系论的经验来源；虚空经验反映的是某种独立于物之外的存在，是空间实体论的经验来源；广延经验反映的是物体自身的与物体不可分离的空间特性，是属性论的经验来源。"[1] 任何一种空间概念都力图统一、综合这三种空间经验，其多

---

① 吴国盛：《希腊空间概念》，中国人民大学出版社 2010 年版，第 3 页。

义性、复杂性使得"空间"成了一个超学科范畴。人类的哲学、物理学、数学、天文学对空间问题起主导框范作用，美学、宗教、神学、伦理学亦对其发挥着重要的认识功能。20世纪下半叶，西方人文研究领域发生了"空间转向"，诸多空间理论极大地拓展了文学研究的空间。

第一节 •
：
中国古代空间观 •

中国人的空间观念主要体现在语言和生活方式中。中国人最初的空间意识是与方位联系在一起的。在殷墟甲骨文中就有"四方风名"的记载，古代的"阴阳五行"说也具备空间的含义。"阴阳"起初表示山水南北的方位，后来还包括了天象。"五行"最初与方位紧密相关，它以商代"四方说"为基础，把"天地四方"作为整体纳入视野后，便标志着六方立体空间的确立。

中国人早期的空间观与宇宙观息息相关。古人云："天地四方曰宇，往古来今曰宙。"[①] 其中，"宇"为空间，"宙"为时间。"宇"，本义为屋檐，引申为四方上下，即为空间。《庄子·庚桑楚》云："有实而无乎处者，宇也。"郭象注："宇者，有四方上下，而四方上下未有穷处。"成玄英疏："宇者，四方上下也。方物之生，谓其有实。寻责宇中，竟无来

---

① 尸子撰：《尸子译注》，李守奎、李轶译注，黑龙江人民出版社 2003 年版，第 52 页。

处。宇既非矣，处岂有邪？"① 也就是说，"宇"是确实存在的，空间具有一种客观实在性，它可容纳一切，却不能被别的东西所容纳。古人认为，空间是由虚实相交的"气"构成的，天地万物"同体同构"。王充《论衡》云："天地合气，万物自生。"② 刘禹锡《天论》云："所谓无形者，非空乎？空者，形之希微者也。……古所谓无形，盖无常形耳，必因物而后见耳。"③ 张载云："气之聚散于太虚，犹冰凝释于水。"④ 王夫之《论气》云："凡虚空皆气也，聚则显，显则人谓之有，散则隐，隐则人谓之无。"⑤ 在古人看来，空间是物质广延性的存在形式，"空"通过"有"而显示自己的存在，依赖"物"而显现自己的形状，其中充满了生生之气。

中国人的空间观念源自悠久的中国哲学。古代圣哲观察天地的方式是从空间维度开始的："古者包牺氏之王天下也，仰则观象于天，俯则观法于地，观鸟兽之文与地之宜，近取诸身，远取诸物，于是始作八卦，以通神明之德，以类万物之情。"（《周易·系辞》）空间问题更多涉及的是宇宙本体论的问题。《周易》书名中"易"的根本意旨是阴阳变化、

---

① 郭象注，成玄英疏，曹础基、黄兰发点校：《庄子注疏》，中华书局2011年版，第423页。
② 王充：《论衡》，上海人民出版社1974年版，第277页。
③ 刘禹锡：《刘禹锡集笺证》上，瞿蜕园笺证，上海古籍出版社1989年版，第143—144页。
④ 张载：《张子正蒙》，上海古籍出版社1992年版，第4页。
⑤ 王夫之：《船山遗书》第12册，中国书店2016年版，第13页。

生生不已。孔颖达《周易正义·论易之三名》曰："夫'易'者，变化之总名，改换之殊称，自天地开辟，阴阳运行，寒暑迭来，日月更出，孚萌庶类，亭毒群品，新新不停，生生相续，莫非资变化之力，换代之功。……谓之为'易'，取变化之义。既义总变化，而独以'易'为名者。"①

《周易》六十四卦每卦六爻，自"初"至"上"运行流变；否极泰来，泰极否来；一阳来复；革故鼎新；穷变通久；日月相推，寒暑相推。《周易》自"乾坤"始，卒以"既济""未济"的卦序——在标示着一个健动不息、生生不已的宇宙创化系统，体现了一种以"变易"为本质、以"生生"为法式、"形质有限、功能无穷的宇宙观"②。遍考《周易》中"豫""随""颐"等十二个卦中"时义大矣哉"或"时用大矣哉"的具体用法之后，程石泉总结道："六十四卦之所言者乃宇宙创化及人事演变各种可能之事态也。乾指时间，坤指空间，六十四卦乃乾坤之结合也，亦即时间与空间之结合也。"③

在《周易》中，时间、空间交织成为"宇宙"，这是一个处在变化中流动的世界，而不是固化凝定的世界；时间、

---

① 《十三经注疏》整理委员会整理，李学勤主编：《十三经注疏·周易正义》，北京大学出版社 1999 年版，第 4 页。
② 参见方东美：《中国形上学中之宇宙与个人》第二部分，孙智燊译，见《生生之德》，（台北）黎明文化事业公司 1980 年版。
③ 程石泉：《易辞新诠》，上海古籍出版社 2000 年版，第 207 页、第 218 页。

空间借事态而显现，我们由事态而感知时间、空间之"功能"。战国时期稷下学派阐释了"道"与"空间"的关系。《管子·心术上》云："道在天地之间也，其大无外，其小无内。"《管子·宙合》云："天地，万物之橐也。宙合有橐天地，天地苴万物，故曰万物之橐。宙合之意，上通于天之上，下泉于地之下，外出于四海之外，合络天地以为一裹。散之至于无间，不可名而山，是大之无外，小之无内，故曰有橐天地。"意思是：世界上的万物都包纳在天地之中，天地又包纳在时间、空间之中；道充满空间，把天地包纳在一起。人在自然中是宇宙历程中的参赞者和共同创造者。中国古人称无尽空间为"太虚""太空""无穷""无涯"等，而对于空间的思考则主要有以下两条进路：

其一，从"道"之衍生的角度出发，"道生一，一生二，二生三，三生万物"，阐释万物从空无到实有的过程。《道德经》云："有物混成，先天地生。寂兮寥兮，独立而不改，周行而不殆。可以为天下母。吾不知其名，字之曰道，强为之名曰大。""道常无为，而无不为。"在老子的宇宙观里，道是天下万物的根源，万物起于道，又复归于道，周而复始。葛兆光指出："天地宇宙的意味一直是古人思想的中心之一……当这种'道''一'或'太一'的绝对性和终极性被确认，人们就反过来把它当成一个确定的、不言而喻的经验的基础或理性的依据，把过去实测到的、经验到的、感悟到的时空现象放置在这个'道'的下面，认定那种和谐完美的自然秩序就是'道'的无言自化，于是星辰运转与四时推移，日月升坠与阴阳变化，四面八方与天象安排，乃至社会秩序和人间道德，都是不可言说的'道'的显现，是天经地义的自然法则，是冥冥中神意的安排。……无论它是儒者还是道者的作品，都无可怀疑地受到这套宇宙观念的影响。"[1]

其二，从大与小、远与近、多与少、虚与实等角度出发，把空间问题转化为人的生存哲学问题。中国古代最早的空间意识体现在《易·泰卦》："无往不复，天地际也。"春秋战国时发展为"天地为庐"的宇宙观。《老子》第四十七章云："不出户，知天下。不窥牖，见天道。"《庄子·人间世》云："瞻彼阕者，虚室生白。"《论语·雍也》云："谁能出不由户，何莫由斯道也。"著名美学家宗白华认为："中国人的宇宙概念本与庐舍有关。'宇'是屋宇，'宙'是由'宇'中出入往来。中国古代农人的农舍就是他的世界。他们从屋宇得到空间观念。……空间、时间合成他的宇宙而安顿着他的生活。"[2] 这种由近知远的空间意识，体现了中国古代宇宙论最早的特色。如，《老子》第十一章云："三十辐共一毂，当其无，有车之用。埏埴以为器，当其无，有器之用。

---

① 参见葛兆光:《中国思想史》第一卷，复旦大学出版社 2013 年版，第 134—136 页。

② 宗白华:《美学散步》，上海人民出版社 1981 年版，第 89 页。

凿户牖以为室，当其无，有室之用。故有之以为利，无之以为用。"这里，室之用是由于室中有空间，体现了实（实体）与虚（空间）的辩证关系，而"无"在老子那里即是"道"，一虚一实生成了生命的节奏。

中国文化的"核心"是中国哲学。中国古人对宇宙万物的认识，基本都从"阴阳二气"出发，似乎将其看作一种客观存在的事实。古人云："大其心，则能体天下之物"（张载《正蒙·大心》）；"吾心即宇宙，宇宙即吾心"（王阳明《传习录》）。中国哲学侧重于人之存在的境界问题，或关注现实的人事，或讲究超然的自然之域。中国古人将内心世界感受到的真实投射到外边，将外在的真实也看作真的感情，也就是说，人的内在精神世界与外在空间是相互契合的，两相交叠构成了世界的精神图景，形成了天人合一的空间生存模式。只有与具体的"事物"（人、精神、境界等）相结合，才能臻于对空间的体悟。这种对待空间的视角、思维，是一种艺术化、审美化的思维，是中国文化的 DNA，它构建了艺术型的空间文化。

空间是人所生存和创造的一种存在，它与人的身体、意志和情感密切相关。在日常生活中，空间主要作为一种人与事物和社会的关系而被认知。中国古代的"礼"是一种具有约束力的社会行为规范，它凸显差异并以此进行沟通，而形成某种关系，表达某种意义。实际上，"礼"是人们的生存空间模式及交互关系的符号化，它不仅体现了城邑的设计原则，还建构了等级化的赋贡与空间体系、"国、野"一体的空间体系等，而将空间与人伦生活、国家政治和建筑图式密切联结起来①。作为一种"人心营构之象"，文学艺术则创造了一种"话语的宇宙"，有其自足的独特的空间构架，即在某种感性媒介物中形塑的"构型"。章学诚对此有精彩的论断：

> 有天地自然之象，有人心营构之象。天地自然之象，《说卦》为天为圜诸条，约略足以尽之。人心营构之象，睽车之载鬼，翰音之登天，意之所至，无不可也。然而心虚用灵，人累于天地之间，不能不受阴阳之消息；心之营构，则情之变易为之也。情之变易，感于人世之接构，而乘于阴阳倚伏为之也。是则人心营构之象，亦出天地自然之象也。②

在章学诚看来，"人心营构之象"乃主客之互倚互生，并受"天地自然之象"的控制与提示，"不能不受阴阳之消

---

① 参见张杰：《中国古代空间文化溯源》（修订版），清华大学出版社 2016 年版，第 128—148 页。
② 章学诚著：《文史通义校注》，叶瑛校注，中华书局 1994 年版，第 18—19 页。

息"，"乘于阴阳倚伏为之"。章学诚之论体现了中国人的最根本的宇宙观，即《易经》上所说的"一阴一阳之谓道"。宗白华指出："俯仰往还，远近取与，是中国哲人的观照法，也是诗人的观照法。而这观照法表现在我们的诗中画中，构成我们诗画中空间意识的特质。""我们画面的空间感也凭借一虚一实、一明一暗的流动节奏表达出来。虚（空间）同实（实物）联成一片波流，如决流之推波。明同暗也联成一片波动，如行云之推月。这确是中国山水画上空间境界的表现法。"[①]中国诗与中国画中的空间意识是一致的，诗人用心灵去观看空间万象，通过外物的载体而领会其内在精神，将虚／实、明／暗相结合，创造了虚灵的、物我相融的艺术空间。

三国时嵇康用心灵之眼"俯仰自得，游心太玄"，在纵身大化、与物推移中悟道。晋代诗人陶渊明发出"俯仰终宇宙，不乐复何如"的慨叹。南朝绘画理论家王微主张"以一管之笔拟太虚之体"（《叙画》）。唐代王维云："行到水穷处，坐看云起时。"（《终南别业》）杜甫云："乾坤万里眼，时序百年心。"（《春日江村五首》）皮日休称赞李白诗云："言出天地外，思出鬼神表。"（《刘枣强碑文》）宋僧道璨云："天地一东篱，万古一重九。"（《潜上人求菊山》）苏轼

---

① 宗白华：《美学散步》，上海人民出版社1981年版，第93页，第92页。

云："寄蜉蝣于天地，渺沧海之一粟。"（《前赤壁赋》）……
这些诗似浅又深，似幻而真。它们既能"以大观小"，表现
辽阔的宇宙意识；又能"以小见大"，从一花一树看万千世
界，感悟生命的盛衰有序，体味人生本体之"道"。正如闻
一多所言，它们体现了"更敻绝的宇宙意识！一个更深沉，
更寥廓，更宁静的境界"①。

中国古代以农为本，"日出而作，日入而息"（《击壤
歌》），春夏秋冬配合着东南西北，由"宇"中出入往来而
得到时间观念。对于中国古人来说，时间与空间是不能分割
的，时间的规律（一年十二个月二十四节气）率领着空间方
位（东南西北）以构成宇宙而安顿生活，使生活从容而有规
律。钱穆先生就指出："俗又称万物曰'东西'，此承战国诸
子阴阳五行家言来。但何以不言南北，而必言东西？因南北
仅方位之异，而东西则日出日没，有生命意义寓乎其间。凡
物皆有存亡成毁，故言东西，其意更切。"②也就是说，表
示地理方位的字词是有意味的符号，既是空间的展开，也
是生命的展开。用宗白华的话说，"中国人抚爱万物，与
万物同其节奏……我们宇宙既是一阴一阳、一虚一实的生
命节奏，所以它根本上是虚灵的时空合一体，是流荡着的

---

① 闻一多：《唐诗杂论·宫体诗的自赎》，朱自清等编：《闻一多全集》第 3 册，上
海人民出版社、上海书店出版社 2020 年版，第 299 页。
② 钱穆：《中国思想通俗讲话》，生活·读书·新知三联书店 2002 年版，第
115 页。

生动气韵"①。

宗白华一语中的:"空间感的不同,表现着一个民族、一个时代、一个阶级,在不同的经济基础上,社会条件里不同的世界观和对生活最深的体会。"②中国古人喜欢用空间名词、地理术语、天文符号等来表示空间的存在,即以物理空间暗示生命空间、心理空间,体现了"人制取予"的空间观念,以实现内外宇宙的相契相通,抵达"天人合一"之境。如,沈佺期《和上巳连寒食有怀京洛》诗云:"红妆楼下东回辇,青草洲边南渡桥。坐见司空扫西第,看君侍从落花朝。"金圣叹点评道:"故用'东'字、'南'字、'西'字作章法,使读者心头、眼头便有争流竞秀之观,真为奇绝笔墨也!"③又如,杜甫《登岳阳楼》诗云:"昔闻洞庭水,今上岳阳楼。吴楚东南坼,乾坤日夜浮。亲朋无一字,老病有孤舟。戎马关山北,凭轩涕泗流。"冯舒评曰:"吴楚、乾坤,则目之所见,心之所思,已不在岳阳。"查慎行评曰:"杜作前半首由近说到远,阔大沉雄。"这些诗作"咫尺间有千里万里之势","墨气所射,四表无穷",有刘勰所谓"义在咫尺,而思隔山河"(《文心雕龙·神思》)之美。此即王维《夏日过青龙寺谒操禅师》所言:"山河天眼里,世界法身中。"

---

① 宗白华:《美学散步》,上海人民出版社 1981 年版,第 95 页。
② 宗白华:《美学散步》,上海人民出版社 1981 年版,第 145 页。
③ 金圣叹:《金圣叹选批唐诗》,浙江古籍出版社 1985 年版,第 8 页。

　　语言的存在是一个符号形式的存在。旅居法国的艺术家、理论家熊秉明（1922—2002）指出："'文化'一词可以解释为'使之变化为文'。而'文'是什么呢，较具体地说是'文字'，《说文》有'文，错画也，象交文'，所以严格地说是'符号'。"[1] 在这问题上，中西方有较大差异："在西方，似乎文字的最后形式就是书里印出来的文字，整齐明净，是几何形的符号"[2]，这些符号代表的意义是抽象观念；而中国人对"文"的理解是抽象兼具体的，汉字将抽象的符号拉回现实并为其注入生命，获得了独立于符号意义的发展途径。

　　中国书法是汉字的抽象化发展与境界化提升，是对于现实世界"取象"后的一种更高的演绎。在饱含墨汁的毛笔挥运之时，汉字造型的笔顺运行具有一次性和不可逆性，主要依靠时间延展来完成。就书法作品而言，中国书法则是视觉艺术，它展现了一种有限空间的秩序，空间相对时间更占有优位，时间则只是空间立场之外的潜在规定，而与空间相互交叉、融会、渗透。书法是一种线条的组合。每个字用软的毛笔蘸墨写出，就有了浓淡、干湿、瘦肥、丰瘠、粗细、疾徐的变化，线之流动犹如天地间气之流行。气之流行而成

---

[1]　熊秉明：《熊秉明文集六：书法与人》，安徽教育出版社 2018 年版，第 427 页。
[2]　熊秉明：《熊秉明文集九：砧边札记》，安徽教育出版社 2018 年版，第 208 页。

物，线之流动而成字，"一笔而成，气脉通连"（张彦远语）；在横竖撇捺的行进中，或"藏锋以内含气味"，或"露锋以外耀精神"，如阴阳之转化，似五行之克生。因此，"中国字若写得好，用笔得法，就成功一个有生命有空间立体味的艺术品"①。

中国书法通贯宇宙、遍及万物。书法之线的世界与宇宙之气的世界有一个相似的同构，具有一种生命的动态和韵律，而呈现出活泼泼的生命世界。作为一种"心源"的艺术，书法"一字见心"，是我们"灵魂的肖像"②，它"代表中国人的哲学活动从思维世界回归到实际世界的第一境，它还代表摆脱此实际世界的最后一境"③。林语堂指出："一切艺术的问题都是韵律的问题。所以，要弄清中国的艺术，我们必须从中国人的韵律和艺术灵感的来源谈起。"在他看来，"书法提供给了中国人民以基本的美学，中国人民就是通过书法才学会线条和形体的基本概念的。因此，如果不懂得中国书法及其艺术灵感，就无法谈论中国的艺术"④。概言之，"书法代表了韵律和构造最为抽象的原则"，"通过书法，中国的学者训练了自己对各种美质的欣赏力，如线条上的刚

---

① 宗白华：《美学散步》，上海人民出版社 1981 年版，第 116 页。
② 熊秉明：《熊秉明文集五：张旭狂草》，安徽教育出版社 2018 年版，第 211 页。
③ 熊秉明：《熊秉明文集六：书法与人》，安徽教育出版社 2018 年版，第 44 页。
④ 林语堂：《中国人》（全译本），郝志东、沈益洪译，学林出版社 1994 年版，第 284 页，第 285 页。

劲、流畅、蕴蓄、精微、迅捷、优雅、雄壮、粗犷、谨严或洒脱，形式上的和谐、匀称、对比、平衡，如长短、疏密之间的配合，有时甚至是萧散、错落的美"，"也许只有在书法上，我们才能够看到中国人艺术心灵的极致"。①

譬如，中国书法的"结体"有一个原则："方块字绝不应该是真正的方块，而应是一面高一面低，两个对称部分的大小和位置也不应该绝对相同。这条原则叫作'势'，代表着一种冲力的美。"②"间架"也是中国书法的一大原理，即"一个字的诸多笔画之中，我们总是选择一个主要的横笔或竖笔，或一个封口的方框，为其余笔画提供一个依靠。……有了这个主要笔画作为依托，其余笔画就可以围绕在它周围或由此出发散开去"③，而呈现了一种秩序、稳定、比例、平衡、对称等等。此外，"空白地位的艺术性运用，也是书法上的一条重要原理。……合适的空白布置是书法的第一要旨"④。所谓"空白布置"，即结众字为一体，凸显字与字之间的关系：每个字各有其领域，势不孤立，集体斯安；著字处为墨，无字处为白；墨为字，白亦为字。书

---

① 林语堂：《中国人》（全译本），郝志东、沈益洪译，学林出版社 1994 年版，第 286 页。
② 林语堂：《中国人》（全译本），郝志东、沈益洪译，学林出版社 1994 年版，第 289 页。
③ 林语堂：《中国人》（全译本），郝志东、沈益洪译，学林出版社 1994 年版，第 305—306 页。
④ 林语堂：《中国人》（全译本），郝志东、沈益洪译，学林出版社 1994 年版，第 296 页。

法之布白，或纵横行皆不分，或有纵行无横行，或纵横行俱分。① 书法家创作时主要注目空白被留出的形状、面积和倾向，它比黑的墨线重要得多。这些从书法发展出来的原则，同样呈现在中国绘画的线条和构思以及中国建筑的形式和结构上。"这些韵律、形态、范围等基本概念给予了中国艺术的各种门类，比如诗歌、绘画、建筑、瓷器和房屋修饰，以基本的精神体系。"② 中国书法西向传播的代表学者蒋彝也发现，书法除了本身就是中国艺术中最高级的形式之一外，在某种意义上说，它还构成了其他中国艺术主要和最基本的因素。③

因此，宗白华说："书法成了表现各个时代精神的中心艺术。"④ 熊秉明亦言："书法是中国文化核心的核心。这是中国灵魂特有的园地。"⑤ 宗白华指出："我们几乎可以从中国书法风格的变迁来划分中国艺术史的时期，像西洋艺术史依据建筑风格的变迁来划分一样。"⑥ "我们可以从书法里的审美观念再通于中国其他艺术，如绘画、建筑、文学、音

① 参见胡小石：《书艺略论·古文变迁论》，人民美术出版社 2019 年版，第 29—33 页。
② 林语堂：《中国人》（全译本），郝志东、沈益洪译，学林出版社 1994 年版，第 290 页。
③ 蒋彝：《中国书法》，外语教学与研究出版社 2018 年版，第 3 页。
④ 宗白华：《艺境》，商务印书馆 2011 年版，第 149 页。
⑤ 熊秉明：《熊秉明文集六：书法与人》，安徽教育出版社 2018 年版，第 317 页。
⑥ 宗白华：《美学散步》，上海人民出版社 1981 年版，第 116 页。

乐、舞蹈、工艺美术等。我以为这有美学方法论的价值。"[1]以中国画为例，其空间意识基于中国书法的空间表现力，形同西方之画通于雕刻建筑的意匠，其中的空白是一种实体的存在。齐白石画水画虾，空白即是水。黄宾虹画山水，空白就是天。吴昌硕画梅花，空白可以是山、是石、是泉、是草等。"中国画里的空间构造……显示一种类似音乐或舞蹈所引起的空间感型。确切地说：就是一种'书法的空间创造'。"[2]中国画里的空间意识"不是像那代表希腊空间感觉的有轮廓的立体雕像，不是像那表现埃及空间感的墓中的直线甬道，也不是那代表近代欧洲精神的伦勃朗的油画中渺茫无际追寻无着的深空，而是'俯仰自得'的节奏化的音乐化了的中国人的宇宙感"[3]。

综上，在中国传统哲学里，自然、社会、人是同生一体的，天象成为政治的考量和道德的教化，天文作为神秘的知识被官方所垄断，空间更多是一种现实的家国情怀和对生存境界之追求。关于空间的探索，中国古代没有形成具有形而上学意义的概念，也没有将空间作为独立的实证对象予以研究而得出科学的空间概念。作为生命的定位，空间因与时间交接相通，而得以意象化、结构化和节律化。正如当代台湾

---

① 宗白华：《美学散步》，上海人民出版社 1981 年版，第 146 页。
② 宗白华：《美学散步》，上海人民出版社 1981 年版，第 115—116 页。
③ 宗白华：《美学散步》，上海人民出版社 1981 年版，第 83 页。

学者黄永武所言：“人与自然时空是那样奇妙地融合无间，情感与哲理，不喜欢脱离时空景象，去作纯粹的摹情说理，每每透过时空实象的交互映射予以形象化。”[1] 当代作家王安忆则说：“我所从事的小说写作，是叙述艺术，在时间里进行。空间必须转换形态，才能进入我的领域。所以，在我的小说的眼睛里，建筑不再是立体的、坚硬的、刻有着各种时代的政治经济意识形态的铭文、体现出科学进步和审美时尚的纪念碑，它变成另一种物质——柔软的、具有弹性、记忆着个别的具体的经验、壅塞着人和事的细节，这些细节相当缠绵和琐碎，早已和建筑的本义无关，而是关系着生活。”[2]

---

① 黄永武：《中国诗学·设计篇》，新世界出版社 2012 年版，第 43 页。
② 王安忆：《空间在时间里流淌》，新星出版社 2012 年版，第 3 页。

第二节 •
                    •
西方空间观的嬗变 •

　　自古希腊至中世纪，西方空间哲学主要从宇宙论层面揭示人在自然中的位置。在古希腊哲学中，数学思维一直占据核心地位，古希腊人由此构建了一个数学化与等级化的和谐空间。对希腊哲人而言，空间具有物理学与宇宙论的双重含义；他们一方面阐明空间（虚空）存在与否，另一方面则建构科学宇宙论。

　　毕达哥拉斯学派把空间（虚空）看作数的一种属性，指出为了保证数与数之间的离散性，相邻的数之间就需要存在虚空；虚空是由球状宇宙之外"无限的嘘气"被吸入宇宙而形成的，它把自然物区分了开来，并与自然物一起构成宇宙——"无限的嘘气"表明在有限宇宙之外存在一个无限空间。[①] 毕达哥拉斯学派奠定了数学化、几何化的空间认知立场。

　　毕达哥拉斯关于虚空的探讨，深刻影响了早期原子论

——————————
① 　参见亚里士多德：《物理学》，张竹明译，商务印书馆 1982 年版，第 109 页。

者、伊壁鸠鲁学派、斯多亚学派的空间学说。如，德谟克利特认为：万物的本原是原子与虚空。原子是一种最后的不可分的物质微粒。宇宙的一切事物都是由在虚空中运动着的原子构成。所有事物的产生就是原子的结合。原子处在永恒的运动之中，即运动为原子本身所固有。虚空是绝对的空无，是原子运动的场所。原子叫作存在，虚空叫作非存在，但非存在与存在都是实在的。世界是由原子在虚空的旋涡运动中产生的。宇宙中有无数个世界在不断地生成与灭亡。人所存在的世界，无非是其中正在变化的一个。[1] 原子论者大致把空间（虚空）看作包容物体的无限的容器。

毕达哥拉斯学派认为，宇宙空间是一个以"数"建立起来的和谐空间。他们的命题是："数是一切事物的本质，整个有规定的宇宙的组织，就是数以及数的关系的和谐系统。"[2] 毕达哥拉斯学派主张："万物的始基是'一元'。从'一元'产生出'二元'，'二元'是从属于'一元'的不定的质料，'一元'则是原因。从完满的'一元'与不定的'二元'中产生出各种数目，从数目产生出点，从点产生出线，从线产生出平面，从平面产生出立体，从立体产生出感觉所及的一切物体，产生出四种元素：水，火，土，空气。这四种元素

---

① 弗兰克·梯利：《西方哲学史》，贾辰阳、解本远译，光明日报出版社 2014 年版，第 40 页。
② 黑格尔：《哲学史讲演录》，贺麟、王太庆等译，上海人民出版社 2013 年版，第 218 页。

以各种不同的方式互相转化，于是创造出有生命的、精神的、球形的世界。"① 毕达哥拉斯学派从宇宙和谐的思想出发，设想球形和圆形是最完满和最和谐的结构形式，形成了以几何数理解释空间的欧几里得几何学，进而形成了宇宙空间可以度量的观念。

柏拉图认为，空间是"介乎本质世界与流变的、可感的事物的世界两者中间的某种东西"②。它参与宇宙的创生，先于物体而存在，同时又是它们的天然接受者。"任何存在的事物必然处于某处并占有一定的空间，而那既不在天上又不在地下的东西根本就不存在。"③ 作为一个毕达哥拉斯主义者，柏拉图坚持认为"天文学是精确的数学科学"④。在将算学、几何学奉为先验原理之后，柏拉图发展了毕达哥拉斯学派数学化的宇宙论，将宇宙理解为一个以数学为结构、以目的论为指导的有机体。柏拉图对空间（宇宙空间）的形而上学建构，将早期希腊的原始宇宙论推向了科学化、体系化的高度。

亚里士多德是古希腊形而上学空间观与科学宇宙论的集

---

① 北京大学哲学系、外国哲学史教研室编译：《古希腊罗马哲学》，商务印书馆1961年版，第34页。
② 罗素：《西方哲学史》上卷，何兆武、李约瑟译，商务印书馆1963年版，第193页。
③ 柏拉图：《柏拉图全集》（第3卷），王晓朝译，人民出版社2003年版，第304页。
④ 劳埃德：《早期希腊科学：从泰勒斯到亚里士多德》，孙小淳译，上海科技教育出版社2004年版，第83页。

大成者。他认为："一切事物都在宇宙里。因为宇宙就是'万有'。空间不是宇宙，而是宇宙的一个与运动物体接触的静止的内限。""恰如容器是能移动的空间那样，空间是不能移动的容器。……包围者的静止的最直接的界面——这就是空间。"[①] 空间是容纳万物的场所，并非德谟克里特所谓的"虚空"。亚里士多德还把空间划分为万物置身其中的共有的空间与个别物体所处的特有的空间。亚里士多德对空间的特性做了概括："空间乃是一事物的直接包围者，而又不是该事物的部分；直接空间既不大于也不小于内容物……整个空间有上和下之分。"[②] 亚里士多德的空间观从物理学视角凸显了空间、物质、运动三者间的有机联系，对后世空间观产生了重要的影响。

在基督教神学里，空间之所以重要，在于空间与世界是天然联系在一起的；万事万物的存在需要一个恰当的位置，事物总是处在一个不断生成、发展和因果的链条之中。通过无限回溯的方式，托马斯·阿奎那论证了第一因或至高者的存在，也就是说，世界是有开端的，上帝是世界的创造者，也是空间的创造者。"中世纪最后一位诗人"但丁构建了"地狱－炼狱－天堂"的"人间－神国"空间模式，诗意地表达

---

① 亚里士多德：《物理学》，张竹明译，商务印书馆 1997 年版，第 105 页，第 103—104 页。
② 亚里士多德：《物理学》，张竹明译，商务印书馆 1997 年版，第 100 页。

了中世纪神人相合的空间生存秩序与法则。

近代信仰主义者，如布鲁诺、摩尔、巴罗、马勒伯朗士、拉弗森等人，将空间绝对化、神圣化为"上帝的行动框架"[①]。如，布鲁诺明确提出，为了能够完美地配得上造物主这一称号，上帝的创造就必须包含一切可能的东西，即无数个单个的存在物、无数个地球、无数个星辰和太阳——因此我们可以说，上帝需要一个无限的空间以便能将这个无限的世界放入其中。[②]拉弗森则"通过把无限等同于最高的完美，以及把广延本身转变成完美"，不仅从逻辑和形而上学方面将空间归因于上帝，更将空间神圣化、审美化为上帝本质的体现[③]。信仰主义者从形而上的高度求证宇宙的万有与无限，在客观上对科学家们探索这个主题起到了某种激励作用。

近代科学空间观主要从认识论层面寻求人类知识的基础和真理的来源。如，哥白尼提出"地动说"，在以太阳为中心的球形宇宙框架中，原有世界的幅度大为扩张，行星问题获得了"第一个精确而简洁的解法，而且，随着一些其他因

---

① 亚历山大·柯瓦雷：《从封闭世界到无限宇宙》，张卜天译，北京大学出版社2008年版，第200页。

② 亚历山大·柯瓦雷：《从封闭世界到无限宇宙》，张卜天译，北京大学出版社2008年版，第47页。

③ 亚历山大·柯瓦雷：《从封闭世界到无限宇宙》，张卜天译，北京大学出版社2008年版，第179页。

素的加入，它最终导致了一个新的宇宙论"①。开普勒认为：恒星天球以下是有限的，之上是否无限，天文学不能提供证明；"无论是否有限，这个世界必须体现出一种几何样式"②。

牛顿强调数学——尤其是几何学——在新的物理科学中的作用③，其空间概念是为解释宇宙的机械运动而设立的。牛顿将空间分为两种：一种是"绝对的、真实的和数学的"空间，另一种是"相对的、表面的和普遍的"空间。"绝对的空间，它自己的本性与任何外在的东西无关，总保持相似且不动，相对的空间是这个绝对的空间的度量或者任意可动的尺度，它由我们的感觉通过它自身相对于物体的位置而确定，且被常人用来代替不动的空间。"④牛顿指出，自然界有规律的运动之所以能被我们识别，正是因为有一个绝对静止的参照系，这个参照系就是绝对空间。"绝对运动是一个物体从某一绝对位置向另一个绝对位置的移动，相对运动是从某一相对位置向另一相对位置的移动"；"绝对运动是相对于绝对空间的运动，一切相对运动都暗含了绝对运动"⑤。牛

---

① 托马斯·库恩：《哥白尼革命——西方思想发展中的行星天文学》，吴国盛、张东林、李立译，北京大学出版社 2003 年版，第 133 页。
② 亚历山大·柯瓦雷：《从封闭世界到无限宇宙》，张卜天译，北京大学出版社 2008 年版，第 71 页。
③ G. 希尔贝克、N. 伊耶：《西方哲学史——从古希腊到二十世纪》，童世骏、郁振华、刘进译，上海译文出版社 2004 年版，第 198 页。
④ 牛顿：《自然哲学的数学原理》，赵振江译，商务印书馆 2006 年版，第 7 页。
⑤ 亚历山大·柯瓦雷：《从封闭世界到无限宇宙》，张卜天译，北京大学出版社 2008 年版，第 148 页，第 150 页。

顿的绝对空间是古典力学的基石。

近代哲学空间观呈现出由实体空间向观念论空间，再向纯直观空间演进的思想轨迹。

法国哲学家笛卡尔以理性至上的思维思考空间，他的哲学奠基于"我思"，而"我在""上帝存在"与客观世界存在等命题的证据与真理的标准都依赖主体。笛卡尔认为，世界（上帝）是由广延实体与思维实体构成的，广延和思维分属两个完全对立的领域，具体落实到身心关系上，也是如此。根据这种"心物二元论"，"笛卡尔特别关注的是让自然科学对自然界自由地作机械的解释"①。另一方面，笛卡尔又坚持精神概念对于物质概念的优先性、确实性，而有别于古代自然哲学或近代科学探究空间的纯客观维度，为后来者开掘空间的主体内涵开辟了道路。

唯理论者莱布尼茨驳斥了牛顿的绝对空间观，指出空间是现实的一种"关系"，是事物之间的一种"并存关系"。莱布尼茨将空间视为现象共存的秩序与规律，认为我们所感知的空间关系实际是单子的某些样态；单子是有知觉、永恒、独立、差异、不可分、无广延、有等级且数目无限的力，是构筑宇宙的精神基质；众多单子之所以能够有序运行，是

---

① 梯利:《西方哲学史》(增补修订版)，葛力译，商务印书馆1995年版，第315—316页。

因为由单子的等级性、连续性可推出存在一个最高、最完善的上帝单子，上帝是确保宇宙和谐运行的初始者与第一因。这就是莱布尼茨以单子为本源的宇宙目的论思想与预定和谐原理。

经验论者洛克、贝克莱、休谟等人将空间思考的主体维度严格限定在感知觉层面，让空间概念成为一个可以深入主观内部的经验存在与美学存在。如：洛克批驳笛卡尔的空间观，认为物质与空间并不同一，而承认真空存在的可能；他也不赞成牛顿关于空间的实体论说明，而把空间当作一种属性——"空间不是一个真正的实体，而是仅仅具有让物质客体存在的可能性"[①]。贝克莱认为：空间只是一种由诸观念联结而成的复杂的被体验物，知觉经验与客观空间之间的联系存在着偶然性；受主体－客体二分法的困扰，人不能看到空间深度，"我们所见所触的，并不是同一个事物"[②]。休谟指出：人类知识的有效性在于观念应是对象的恰当的表象，空间观念是通过视觉和触觉给予心灵的；"空间和时间观念不是各别的或独立的观念，而只是对象存在的方式或秩序的观念"[③]。在休谟这里，时空观念实现了从外在自然向人自身的转换。

---

① 格瑞特·汤姆逊：《洛克》，袁银传、蔡红艳译，中华书局 2002 年版，第 39 页。
② 柏克莱：《视觉新论》，关文运译，商务印书馆 1957 年版，第 19 页。
③ 休谟：《人性论》（上册），关文运译，郑之骧校，商务印书馆 1980 年版，第 53 页。

　　康德从纯粹知识与经验性知识的来源出发思考空间，他指出，经验是感性知识，它由认识的主体与对象直接接触而产生，是感性的直观，所有知识都始于经验。康德超越了经验论中的怀疑论与唯理论中的独断论，建立起从主体方面确定认识如何可能的先天原则，于是普遍的认识被归结为"自我构造力的一种表现形式"①。康德认为，时间与空间是"两种作为先天知识原则的感性直观纯形式"②，它们先天地存在于心中，使我们能够获得感性的表象；先验观念性先于经验实在，并使得经验实在性成为可能，人先天具有的感性直观形式赋予空间以秩序性。"空间实际上只不过是外感官的一切出现的形式。空间是感性的主观条件，对我们来说，只有在这条件下，外部直观才成为可能。这样，既然是主体的感受性，即为对象所刺激的这种机能，必然一定要先行于对这些对象的一切直观……所以，我们惟有以人类的立场才能谈到空间，谈到广延的事物等等。"③康德指出："1.空间不是一个从外部经验抽象得来的经验性概念。……2.空间是作为一切外部直观的基础的一个必不可少的先天表象。……3.空间不是一个关于一般事物的关系的推理概念，或者如人

---

① 参见维塞尔：《席勒美学的哲学背景》，毛萍等译，华夏出版社 2010 年版，第 170 页。
② 康德：《纯粹理性批判》（注释本），李秋零译注，中国人民大学出版社 2011 年版，第 53 页。
③ 康德：《纯粹理性批判》，韦卓民译，华中师范大学出版社 2000 年版，第 69 页。

们所说是一个普遍概念，而是一个纯直观。……4. 空间被表象为一个无限的被给予的大小。"[1]

黑格尔继承了康德关于空间就是纯形式的观点，并根据自己的理念论哲学，赋予空间双重含义：它既是自然的纯抽象实在，又是自然事物的基础，"空间是非感性的感性与感性的非感性"[2]。从思辨哲学观出发，黑格尔指出，时间在空间中被设定为位置，空间在时间中被设定为运动；空间是时间在不同时点上的多维度扩散，时间决定着空间中事物的存在与发展及其节奏。黑格尔说："运动是过程，是由时间进入空间和由空间进入时间的过渡。"[3]也就是说，时间和空间通过物质和运动可以相互转化、相互过渡。

1905 年，爱因斯坦创立了狭义相对论。1915 年，爱因斯坦进而把相对性原理从匀速运动推广到加速运动，完成了广义相对论的完整表述。1916 年，爱因斯坦写成总结性论文《广义相对论的基础》，宣告了广义相对论的诞生。"通过所谓的'基础危机'（爱因斯坦的相对论、海森堡的测不准关系、哥德尔的不完全性定理），科学自身认识到……现实不是同质的，而是异质的；不是和谐的，而是戏剧性的；不是

---

[1]　康德：《纯粹理性批判》（注释本），李秋零译注，中国人民大学出版社 2011 年版，第 54—55 页。

[2]　黑格尔：《自然哲学》，梁志学等译，商务印书馆 1980 年版，第 43 页。

[3]　黑格尔：《自然哲学》，梁志学等译，商务印书馆 1980 年版，第 61 页。

统一的，而是各具形态的。"① 人们从历史运动的复杂性、不确定性以及历史理解的主观性等视角看到了历史决定论的偏颇，这为 20 世纪下半叶的"空间转向"铺平了道路。

---

① 沃尔夫冈·韦尔施：《重构美学》，陆杨、张岩冰译，上海译文出版社 2006 年版，第 124 页。

第三节 ﹕
"空间转向"与"空间批评"﹕

　　20 世纪西方的空间哲学主要从存在论层面表达人存在的境遇和生存的建构，催生了不少空间概念和空间理论，深刻反映了人类对自然、社会和自我的认知、拓展与深化。法国著名学者弗朗索瓦·多斯指出，在西方 20 世纪的文化进程中，一种新的"反历史文化"弥漫开来，"历史意识受到星际意识、地形学意识的压制，时间性移向了空间性"①。"空间转向"是一种从现代到后现代转换的学术话语，杰姆逊断言："后现代主义是关于空间的，现代主义是关于时间的。"②人们重新思考空间在社会理论和日常生活中所起的作用，空间理论成了一种显学，并占据了人文社会科学研究的中心地位。

　　德国哲学家卡西尔独创性地提出了一个人类学哲学体系，建立了一套空间形式的理论。在卡西尔看来：人的本质

---

① 弗朗索瓦·多斯：《从结构到解构：法国 20 世纪思想主潮》（上卷），季广茂译，中央编译出版社 2004 年版，第 470 页。
② 杰姆逊讲演：《后现代主义与文化理论》，唐小兵译，北京大学出版社 1997 年版，第 243 页。

在于人的文化性存在，"人是文化的动物"；文化是一种符号系统，是人的符号活动的结果；"符号思维和符号活动是人类生活中最富有代表性的特征"，空间形式是一种符号和特点的文化表现。卡西尔指出，空间可分为有机体空间、知觉空间、神话空间和抽象空间四种空间类型。具言之，有机体空间是指低等动物的空间，在那里只有空间距离感和方位感，没有空间的观念。知觉空间是包括人类在内的高等动物的空间，这个空间是感性的空间、身体的空间、行动的空间。抽象空间是纯认知空间，是一个同质的、普遍的空间。而且唯有以这种新的独特的空间形式为媒介，人才能形成一个独一无二的、系统的宇宙秩序概念[①]，为人类开辟出文化的世界。神话空间是神话世界中既具体又有完整性的空间，属于神话思维的空间形式。"神话的空间直观居于知觉空间和纯认知（几何）空间之间"[②]，具有极强的普遍性趋向和普遍性功能。卡西尔指出，神话世界里存在着一种特殊的空间构架，而"同化了最不相同的因素，并使它们彼此可以比较，使它们以某种方式彼此相似"[③]；在神话空间里，"所有质的差异和对立具有某种空间'对应物'，形式不同但却演

---

① 恩斯特·卡西尔：《人论》，甘阳译，上海译文出版社 1985 年版，第 58 页。
② 卡西尔：《神话思维》，黄龙保、周振选译，何礼文校，中国社会科学出版社 1992 年版，第 94 页。
③ 卡西尔：《神话思维》，黄龙保、周振选译，何礼文校，中国社会科学出版社 1992 年版，第 97 页。

化得极为精妙和准确"①。绝对的异质性被神话空间所消解，而构造成一个宏大的整体，一种根本性的、神话式的世界轮廓图景。神话空间的整体性来自结构的同一性，其中通行的是隐喻思维："神话思维……将任何相似性都看成是一种原始亲属关系，一种本质上的同一性；这一点在空间结构的相似性或类似性方面尤为确切。"② 由于神话思维可以在世界与人之间自由转换，它似乎否定和超越了空间间隔。

法国现象学哲学家梅洛－庞蒂指出："空间不是物体得以排列的（实在或逻辑）环境，而是物体的位置得以成为可能的方式。……（我们）应该把空间构想为连接物体的普遍能力。"③ 这一连接物体的普遍能力是对事物认知的能力，可比附为康德的直观。空间的深度"显示物体和我之间和我得以处在物体前面的某种不可分离的关系"，它"不能被理解为一个先验的主体的思维，而是被理解为一个置身于世界的主体的可能性"。④ 梅洛－庞蒂把空间分为三种。其一，身体空间。这是经验主义的空间，身体以自然方式存在，没有主体表象。其二，客观空间。这是被科学和理智主义客观化、

① 卡西尔：《神话思维》，黄龙保、周振选译，何礼文校，中国社会科学出版社1992年版，第99页。
② 卡西尔：《神话思维》，黄龙保、周振选译，何礼文校，中国社会科学出版社1992年版，第103页。
③ 莫里斯·梅洛－庞蒂：《知觉现象学》，姜志辉译，商务印书馆2001年版，第310—311页。
④ 莫里斯·梅洛－庞蒂：《知觉现象学》，姜志辉译，商务印书馆2001年版，第326页，第339页。

对象化的空间，它是一种知性结构、一种反省分析。其三，知觉空间。这是身体空间和客观空间的交叉，它在两种空间之间自由转换，在相互蕴涵之中呈现自身。梅洛－庞蒂突出了身体空间的首要意义，强调身体既是客体也是主体，申明没有身体就没有空间："我的身体在我看来不但不只是空间的一部分，而且如果我没有身体的话，在我看来也就没有空间。""身体不断地使可见的景象保持活力，内在地赋予它生命和供给它养料，与之一起形成一个系统。"[①] 梅洛－庞蒂强调了身体的有机整体性与积极建构性，指出身体的空间性是一种处境的空间性。

前期海德格尔把时间看作存在之领域的境域，后期海德格尔则把空间看作与"栖居"一体相关的问题，完成了从"存在与时间"到"栖居与空间"的转移。空间转向使其后期哲学充满了大地、天空、位置、地点、地带、道路、四方、世界、家园、栖居、在场等与空间相关的隐喻。海德格尔指出："那始终把时间和空间聚集在它们的本质中的同一东西，可以叫做时间－游戏－空间。时间－游戏－空间的同一东西在到时和设置空间之际为四个世界地带的'相互面对'开辟道路，这四个世界地带就是天、地、神、人——世界游

---

① 莫里斯·梅洛－庞蒂:《知觉现象学》，姜志辉译，商务印书馆 2001 年版，第 140 页，第 261 页。

戏。"① 后期海德格尔哲学的主题是人在大地上"诗意地栖居",而"栖居"需要"居所",即一设置好、建造好的"空间位置"。海德格尔说,"空间既不是一个外在的对象,也不是一种内在的体验"②,而是人在栖居中在"物"和"位置"那里逗留时必然经受的东西,"就其本己来看,空间化乃是开放诸位置","产生出那一向为栖居所备的地方"③。"空间化为人的安家和栖居带来自由和敞开之境"④,为天、地、神、人四方世界的自由嬉戏设置空间和提供场地。艺术通过"空间化"把"真理"置入作品。海德格尔主张"诗思合一",通过非对象性的诗意看护,以及非知性逻辑的神秘启悟,让人们重获一种"根基持存性",重返本真之"栖居"。

从 19 世纪到 20 世纪上半叶,"历史"成为一种时代精神,一种占主导地位的思维方式,历史哲学雄踞西方的思想舞台。在一次访谈里,福柯指出,在西方历史中存在着对空间的"一贯的贬损的态度","空间被看作是死亡的、固定的、非辩证的,不动的。相反,时间代表了富足、丰饶、生命和辩证"⑤。福柯指出,空间是任何公共生活形式的基础,是任何权力运作的基础,是各种权力的历史。福柯坦承,自

---

① 孙周兴选编:《海德格尔选集》(下册),上海三联书店 1996 年版,第 1118 页。
② 孙周兴选编:《海德格尔选集》(下册),上海三联书店 1996 年版,第 1199 页。
③ 孙周兴选编:《海德格尔选集》(上册),上海三联书店 1996 年版,第 484 页。
④ 孙周兴选编:《海德格尔选集》(上册),上海三联书店 1996 年版,第 484 页。
⑤ 福柯:《权力的眼睛:福柯访谈录》(修订译本),严锋译,上海人民出版社 2021 年版,第 175 页。

己迷恋于空间的概念，如地区、领域、移植、移位、换位等等，因为通过这些概念他找到了自己所追寻的东西：权力与知识之间的关系。福柯说："地理学为我以往所叙述的一系列相关因素之间的通道提供了支持和可能的条件"，"看来地理学确实必须成为我所关心的课题的核心"。① 之所以如此，是因为福柯所关心的历史不是理性重构的、线性的、连续性的历史话语，而是断裂的、偶然的、非连续性的"实际的历史"。这是一种空间化的历史，它只能使用非线性的空间化话语让事物本身"呈示"，或对事物本身进行"本质的描述"。在 1967 年的一次讲演中，福柯宣称："当今的时代或许应是空间的纪元。我们身处同时性的时代中，处在一个并置的年代，这是远近的年代、比肩的年代、星罗散布的年代。"② 针对传统历史主义构建的时间神话，福柯提出了"异托邦"的思想以凸显空间的作用。所谓"异托邦"，是指那些存在于既定的社会空间中，在功能或性质上与其他常规空间不同甚至是对立的奇异空间。"'异托邦'就在我们眼前。它是一系列的不稳定、临时的系统，一系列的空间与相关运动，它协助、居间并冲击着持续改变的各种认同的集

---

① 福柯：《权力的眼睛：福柯访谈录》（修订译本），严锋译，上海人民出版社 2021年版，第 180 页。
② 福柯：《不同空间的正文与上下文》，包亚明主编：《后现代性与地理学的政治》，上海教育出版社 2001 年版，第 18 页。

合。"①"异托邦"是植根现实的不确定性空间，它类似于反向场地（Counter-site），外在于并根本区别于所有其他的空间，又与之发生关联、与之共存。"我们所居住的空间，把我们从自身中抽出，我们的生命、时代与历史的融蚀均在其中发生，这个紧抓着我们的空间，本身也是异质的。"②"异托邦"兼有物理空间的广延性、社会空间的实践性和心理空间的某种精神性，又有不同于常规空间的他者性、异质性，而让资本主义空间充满自我解构的对抗力量与自反性结构。福柯对空间的思考促使人们积极探寻语词与事物、语言与世界之间所可能有的深度关联。福柯的空间理论与克里斯蒂娃、德里达和罗兰巴特的相关学说多有交叉，由此形成一个后结构主义的空间转向。

作为当代文化思想范式的转型，"空间转向"是提问方式、言说方式和解释方式的转换变革。这种范式转型影响波及哲学、文学、建筑学、地理学、社会学、都市规划等诸多人文学科。韦格纳提出了"空间批评"的概念，认为全球化空间重组是文学理论重视空间研究的直接动因，人们日益关注文学与空间的关系，并改变了对文学史和当代文化实践的思考方式。在空间理论与文学研究的互动阐释中，"空间批

① 阿莱斯·艾尔雅维茨主编：《全球化的美学与艺术》，刘悦笛、许中云译，四川人民出版社 2010 年版，第 102 页。
② 福柯：《不同空间的正文与上下文》，包亚明主编：《后现代性与地理学的政治》，上海教育出版社 2001 年版，第 21 页。

评"必将"以不同的方式改变文学和文化分析",建构起一种全新的"空间化"的文学理论视域。①韦格纳认为，全球化空间重组是文学理论空间转向的直接动因，对全球化历史的空间维度的关注，将改变人们对文学史和当代文化实践的思考方式，促使人们更多地关注文学和其他文化文本是如何建构表征性空间的。因此，韦格纳认为有必要在绘制任何全球空间的地图时超越经典的高雅与低俗的对立，超越中心与边缘的空间对立，代之以创造一种新的多点透视观，以考察文学和文化活动、交流和流通。只有以这种方式，我们才可能对于我们今天寓居其中的全球空间的复杂性和原创性有更加丰富的理解。②

于是，都市日常生活、都市空间经验、都市景观、都市问题、文化身份、文化地理学、媒介景观等也进入文学艺术创作与研究的视域，文学与民族国家空间、文学与都市景观空间、文学与日常生活空间、文学与政治权力空间、文学与身体空间、文学与文化空间、文学与图像学、文学与媒介景观、文学与文化地理学、文学与超空间、文学与流动空间等构成错综复杂的内在关联，人们努力探究空间生产背后所隐匿的政治权力、意识形态、身体规训、社会正义等文化政治

① 菲利普·韦格纳：《空间批评：批评的地理、空间、场所与文本性》，见阎嘉主编：《文学理论精粹读本》，中国人民大学出版社 2006 年版，第 135 页。
② 菲利普·韦格纳：《空间批评：批评的地理、空间、场所与文本性》，见阎嘉主编：《文学理论精粹读本》，中国人民大学出版社 2006 年版，第 147 页。

关系，及其对人类的行为方式、文化方式、生存方式、价值取向所产生的直接而重大的影响。对此，陆扬精辟地指出："文学与空间理论的关系不复是先者再现后者，文学自身不可能置身局外，指点江山，反之文本必然投身于空间之中，本身成为多元开放的空间经验的一个有机部分。要之，文学与空间就不是互不相干的两种知识秩序，所谓先者高扬想象，后者注重事实，相反毋宁说它们都是文本铸造的社会空间的生产和再生产。"①

　　本雅明较早从历史哲学反思的维度，将文学艺术批评置于都市空间之中，确立了空间批评的美学维度。本雅明认为，拱廊街构筑了现代都市景观的典型形态，是资本主义社会的微缩景观，其都市研究计划致力于分析都市空间经验表达与现代主义文艺思潮之间的内在关系。本雅明指出，"只有在空间意象中才能把握和分析以时间顺序发生的事件"②。他在时间的碎片中追忆流逝的时间，从历史时间到当下时间，从当下时间到时间的碎片化、时间的空间化，而形成了自己所关注的主题：如何把世界空间化。格雷戈利把本雅明的方法概括为"空间化的爆破"，指出本雅明对时间进行了富有成效的空间化，用文本实践取代了叙事编码式的历史，

①　参见陆扬：《空间理论和文学空间》，《外国文学研究》2004年第4期。
②　刘北成：《本雅明思想肖像》，上海人民出版社1998年版，第282页。

打破了历史编纂学的链条。[1]

布朗肖的《文学空间》（1955）对文学的空间性做了生存哲学意蕴的分析，他将文学空间理解为一种内在的、深度的、孤寂的、空无的生存体验的空间，写作则是"投身到时间不在场的诱惑中去"[2]，真正的作家是"时间不在场的先知"。布朗肖质疑存在的连续性、统一性，而强调"偶然""不连续性"；世界的轮廓因"外部"而改写，人之存在亦因"外部"的侵入而扩容。所谓"外部"，并非某个外在的界域，它实际上是一种思想空间，是内在－内在之外，或外在之内；它"同时是内在深处和外部，即那空间在外部已经是精神的内在深处，而那个内在深处在我们身上是外部的实在……这个空间与我们的内在深处一样也是事物的内在深处，以及这二者的自由交流，即那种无控制的强大的自由，不确定物的纯力量在那里体现出来"[3]。"文学空间"的生成源于作家对于生存的内在体验，它展现了一个否定性的死亡空间、虚无空间，"这空间本身正是'万物像奔向离自己最近最真实的实在那样'朝它奔去之处，即最大的圆圈和不停变化的那个空间，它是诗歌的空间，是俄耳甫斯诗歌的空

---

① 参见索杰：《第三空间：去往洛杉矶和其他真实和想象地方的旅程》，陆扬等译，上海教育出版社 2005 年版，第 224 页。
② 莫里斯·布朗肖：《文学空间》，顾嘉琛译，商务印书馆 2003 年版，第 12 页。
③ 莫里斯·布朗肖：《文学空间》，顾嘉琛译，商务印书馆 2003 年版，第 130 页。

间"①。布朗肖指出：对于艺术家、诗人而言，"只有外部，只有永恒外部的流淌"②；文学将形成话语，形成言说，形成越界，即"将自己的空间组成一个外界，话语向外界讲话，向外界之外界讲话"③。

在 1957 年法文版《空间的诗学》里，巴什拉思考了知识的非连续性，其"认识论断裂"具有重塑空间传统的重大意义。按照他的观点，断裂构成了精神扩展的前提，"每一次断裂都是一次新的提问法的确立，一种新的总问题的提出"。通过考察认识行为所遭遇的各种"认识论障碍"，如"原初经验""一般认识"以及言词的障碍、实体论的障碍等，巴什拉在这些"断裂"处寻找重构知识范式的可能与路径。他对居室、壁橱、箱子、角落、鸟巢、贝壳等微观空间进行精神心理和生存意蕴的分析，揭示出一种充盈着意象、想象、梦想、幻想的诗意空间的生存本体论意义。巴什拉认为，空间乃存在之友，被想象力所把握的空间是被人所体验的空间，它把存在的一部分收拢在提供保护的范围内，潜藏着生命的无意识和存在的秘密。他说："是凭借空间，是在空间之中，我们才找到了经过很长的时间而凝结下来的绵延所形成的美丽化石。无意识停留着。回忆是静止不动的，并

---

① 莫里斯·布朗肖：《文学空间》，顾嘉琛译，商务印书馆 2003 年版，第 138 页。
② 莫里斯·布朗肖：《文学空间》，顾嘉琛译，商务印书馆 2003 年版，第 71 页。
③ 福柯：《外界思想》，史岩林译，汪民安主编：《福柯读本》，北京大学出版社 2010 年版，第 33 页。

且因为被空间化而变得更加坚固。……对于认识内心空间来说，比确定日期更紧要的是为我们的内心空间确定位置。"①在此，内心空间不仅是一切，更是一种价值，"内心空间的存在是幸福的存在"②。诗意的空间创造是一种中断时间的瞬间体验，诗人由此成为"存在的遐想者"或"宇宙的遐想者"，"宇宙的遐想使我们的生活进入一种先感知的状态中"③。巴什拉空间诗学的思想，对阿尔都塞、福柯、德里达等整整一代法国哲学家，以及布迪厄等社会学家产生了广泛的影响。

列斐伏尔指出："有一个问题过去一直悬而未决，因为从来没有谁提出过这个问题：社会关系的存在方式究竟是什么？它们是具体、自然的呢，还是只是抽象的形式？空间研究给予了回答，它认为生产的社会关系是一种社会存在，以至于是一种空间存在；它们将自身投射到空间里，在其中留下烙印，与此同时又生产着空间。"④在1974年出版的《空间的生产》里，列斐伏尔指出：任何一个社会，任何一种生产方式，都会生产出自身的空间；空间既有物质属性，又有

---

① 加斯东·巴什拉：《空间的诗学》，张逸婧译，上海译文出版社2009年版，第8页。
② 加斯东·巴什拉：《空间的诗学》，张逸婧译，上海译文出版社2009年版，第11页。
③ 加斯东·巴什拉：《空间的诗学》，张逸婧译，上海译文出版社2009年版，第407页。
④ 转引自索杰《第三空间：去往洛杉矶和其他真实和想象地方的旅程》，陆扬等译，上海教育出版社2005年版，第58页。

精神属性，"它渗透甚至侵入生产概念，成为生产概念内涵的一部分也许还是最根本的一部分"[①]。列斐伏尔把空间的生产表述为城市化过程中的社会现象，认为它是空间的社会化组织问题。他说："在目前的生产方式里，社会空间被列为生产力与生产资料、列为生产的社会关系，以及特别是其再生产的一部分"[②]；"社会空间包含着生产关系和再生产关系（包括生物的繁殖以及劳动力和社会关系的再生产），并赋予这些关系以合适的场所"[③]。在此基础上，列斐伏尔提出，任何空间都由"空间实践""空间的再现""再现的空间"组合而成，它们分别与感知的、构想的、实际的本体论和认知方式相呼应。列斐伏尔清楚地指认了当代思想的空间转向，即由"时间－历史"向"空间－结构"的转变；在他看来，20世纪资本主义发展的特征在于其工业化进程对都市空间的不断重构，其中包含着差异空间的生产、空间之间的吸纳与兼容以及对自由时间的争取。列斐伏尔将空间的重组看成是战后资本主义发展以及全球化进程中的一个核心问题，在《资本主义的残存》（1976）里，他指出：资本主义的残存建基于对一种包容性、工具性和从社会角度加以神

[①] 亨利·列斐伏尔：《空间的生产》，刘怀玉等译，商务印书馆2022年版，第127页。

[②] 亨利·列斐伏尔：《空间：社会产物与使用价值》，包亚明主编：《现代性与空间的生产》，上海教育出版社2003年版，第51页。

[③] 转引自迈克·迪尔：《后现代血统：从列斐伏尔到詹姆逊》，包亚明主编：《现代性与空间的生产》，上海教育出版社2003年版，第87页。

秘化的空间性的建立，空间成为权力得以技术性运作实施的场域；对空间的征服和整合，业已成为消费主义赖以维持的主要手段，消费主义的逻辑成了社会运用空间的逻辑，成了日常生活的逻辑；社会空间被消费主义所占据，成为权力的活动中心，是各具主导性的生产关系以一种具体的、人造的空间性形式得以再生产之所在。资本主义的残存正是仰仗对这种零散的、同质化的、具有等级结构特性的空间形式之占有，以维系自己的规定结构而延长自己的存在。

哈维的《社会正义和城市》（1973）把社会正义引入地理学并把它作为地理学研究的重心，《资本的局限》（1982）从空间角度重构马克思主义经济学，《资本的城市化》《意识与城市经验》（1985）指出城市化研究必须关注资本积累的过程、劳动力与商品及货币资本的变化流动、生产的空间组织和空间关系的变革等问题，《后现代的状况》（1989）以空间的生产及其体验为中心线索来探寻后现代主义文化形成的具体机制和过程，《正义、自然与差异地理学》（1996）把社会正义引入以地理学想象为基础的社会理论的中心，《希望的空间》（2000）以空间为切入点批判现代工业社会，以不平衡的历史地理的发展为轴心，分析了当代全球化所包含的各种矛盾及其后果。

哈维把空间生产整合进马克思主义理论框架的核心，而重构了当代马克思主义。马克思将时空变化与商品流通整合在一处，指出资本具有超越一切地方限制、实现全球空间征服的逐利本能，折射在时空关系上则意味着"力求用时间去消灭空间"[①]。哈维则从社会"加速"的角度来理解这个问题："资本主义的历史具有在生活步伐方面加速的特征，而同时又克服了空间上的各种障碍，以至世界有时显得是内在地朝着我们崩溃了。"[②]马克思时空观是一种时间优先的辩证法，空间被以障碍的形式剔除了，只具有某种被压抑的生产性。哈维翻转了马克思的社会时空辩证法："我们就这样逼近了核心的悖论：空间障碍越不重要，资本对空间内部场所的多样性就越敏感，对各个场所以不同的方式吸引资本的刺激就越大。结果就是造成了在一个高度一体化的全球资本流动的空间经济内部的分裂、不稳定、短暂和不平衡的发展。"[③]资本主义的时空关系因此得以重构与调整，"绝对空间和场所的确定性让位于一种变化着的相对空间的不稳定性"[④]。哈维认为，随着资本主义再领土化、重新空间化，传统马克思主义的政治话语范畴——帝国主义、殖民主义、新殖民主义——在描述当代资本主义时陷入了理论困境；为此，他从

---

① 《马克思恩格斯全集》（第三十卷），人民出版社 1995 年版，第 538 页。
② 戴维·哈维：《后现代的状况——对文化变迁之缘起的探究》，阎嘉译，商务印书馆 2003 年版，第 300 页。
③ 戴维·哈维：《后现代的状况——对文化变迁之缘起的探究》，阎嘉译，商务印书馆 2003 年版，第 370 页。
④ 戴维·哈维：《后现代的状况——对文化变迁之缘起的探究》，阎嘉译，商务印书馆 2003 年版，第 326 页。

地理学想象出发，以"环境""自然""时空""地点""正义"等关键词来设计一种宏大的关于社会过程的"辩证的认知图"。哈维指出，一般的历史地理学，以及对于时空的历史地理学的研究，正好落在美学和社会理论的交叉点上。他说："美学理论紧抓的一个核心主题：在一个快速流动和变迁的世界里，空间构造物如何被创造和利用作为人类记忆和社会价值的固定标记。关于不同形式的生产出来的空间，如何抑制或促进了社会变迁的过程，我们可以从美学理论学到很多。……现在地理学家的努力从文学理论家那面获得的支持，比从社会理论家那里来得多。相反地，关于美学理论必须对待的流动与变迁，从社会理论中可以学到很多。"[1]

美国后现代地理学家爱德华·W.苏贾提出，"历史决定论是空间贬值的根源"[2]。历史主义在合理合法性的身份确证中，凭其霸权地位对批判性空间想象实施强力的压制与控制。面对历史决定论所造成的后果，当代思想界解构和重构刻板的历史叙事，将空间从时间语言的牢笼中解救出来，使空间问题得以凸显。"这种对空间性的重新安置的核心，是对长久以来之本体论的和理论的历史主义提出批判，因为历

---

[1] 大卫·哈维：《时空之间——关于地理学想象的反思》，包亚明主编：《现代性与空间的生产》，上海教育出版社 2003 年版，第 397 页。

[2] 爱德华·W.苏贾：《后现代地理学——重申批判社会理论中的空间》，王文斌译，商务印书馆 2004 年版，第 31 页。

史主义在批判性论述中倾向于予以优势包摄了空间性。"① 苏贾继承、发展了列斐伏尔的空间思想，指出：自己的"第一空间"对应于"空间实践"，偏重从客观的、自然的、物质的方面来理解空间，并试图运用几何学原理建立起关于空间的形式科学；"第二空间"对应于"空间的再现"，偏重从主观的、想象的、精神的方面来理解空间，从文化想象的地理学中获得主观的空间观念；"第三空间"则对应于"再现的空间"，是对"第一空间""第二空间"的肯定性解构和启发性重构，这个多重辩证的实践性空间充满了开放性与差异性。"第三空间"集物理空间、精神空间于一体，遵循亦此亦彼的并置逻辑，聚集统一了主体与客体、抽象与具象、真实与想象、先验与经验、同一与差异、精神与肉体、实在与表征等诸多要素，"旨在揭示真正不停地发生转换和改变的观念、事件、现象和意义等的社会环境"②。

　　西方的"空间批评"还有麦克·克朗的"文化地理学"、詹姆逊的"认知图绘批评"、韦斯特法尔的"地理批评"等③，限于篇幅，此不赘述。

---

① 爱德华·W.苏贾：《后现代地理学和历史主义批判》，许纪霖主编：《帝国、都市与现代性》，江苏人民出版社 2006 年版，第 218 页。
② 迪尔：《后现代都市状况》，李小科等译，上海教育出版社 2004 年版，第117 页。
③ 可参见陆扬：《当代西方前沿文论》，第八章"空间批评"，山西教育出版社 2022年版，第 257—299 页。

研讨专题

1. 西方的空间观念发生了哪几次重要的变化?

2. 试比较分析中西空间观的异同。

3. "空间转向"对文学创作与研究产生了哪些影响?

拓展研读

1. 包亚明:《后现代性与地理学的政治》,上海教育出版社 2001 年版。

2. 包亚明:《现代性与空间的生产》,上海教育出版社 2003 年版。

3. 包亚明:《后大都市与文化研究》,上海教育出版社 2005 年版。

4. 索亚:《后大都市:城市和区域的批判性研究》,李钧等译,上海教育出版社 2006 年版。

5. 谢纳:《空间生产与文化表征——空间转向视阈中的文学研究》,中国人民大学出版社 2010 年版。

6. 张杰:《中国古代空间文化溯源》(修订版),清华大学出版社 2016 年版。

7. 杨义:《文学地理学会通》,中国社会科学出版社 2013 年版。

8. 冯雷:《理解空间:20 世纪空间观念的激变》,中央编译出版社 2017 年版。

9. 亨利·列斐伏尔:《空间的生产》,刘怀玉等译,商务印书馆 2022 年版。

第五章

/Chapter 5/

隐喻

• • • • • • • •

　　隐喻研究经历了修辞学、哲学、语言学三个发展阶段，已不再局限于语言内部，而是从话语的边缘性地位过渡到对人类理解本身进行理解的中心地位。西方符号学理论认为，"语言本质上是隐喻的（Metaphorical）：语句'代表或代替'事物"①。隐喻被视为一种无处不在的思维方式，成为哲学、逻辑学、语言学、心理学、认知科学、人工智能等领域的中心议题，在现代思想中获得了空前的重要地位。

---

① 宇文所安：《中国文论：英译与评论》，王柏华、陶庆梅译，上海社会科学院出版社 2003 年版，第 32 页。

第一节 •
•
中国的隐喻研究 •

中国文化是诗性的文化，隐喻在其中占据最中心的地位。中国的隐喻思想主要体现在有关"比"的讨论中。在古代，"比"有比喻、比较、比拟、类比、比附等多种含义，与"比"的意义相近的词有"辟""譬""方""况""谕""依"等，也有用"配""媲""托""类""写""拟"等词来表示的。

《易·系辞下》云："夫《易》，彰往而察来，而微显阐幽……其称名也小，其取类也大。"王弼《周易略例·明象》阐释："触类可为其象，合义可为其征。"《易》中各个不同的卦正是以具体形象的卦象符号形式来表达或暗示某种抽象的意义，这正是隐喻的作用；这些由卦爻符号交错组成的"象"，可视为早期的文字符号。书面语中最早的比喻现象见于《尚书·盘庚》三篇，其中上篇云："若网在纲，有条而不紊。若农服田，力穑乃亦有秋。"盘庚以渔网之纲讲秩序之有条不紊，以亲力农作论投入才有收获。盘庚运用比喻形象地阐释统治术，有很强的说服力。

《礼记·学记》云："不学博依，不能安诗。"这里的"依"即"喻"。郑玄注："博依，广譬喻也。'依'或为'衣'。"《说文》："衣，依也。"《白虎通·衣裳》："衣者隐也，裳者障也。"钱锺书指出："诗广譬喻，托物寓志：其意恍兮跃如，衣之隐也、障也；其词焕乎斐然，衣之引也、彰也。"[①] 也就是说，"依"和"喻"不仅具有"隐""障"之义，还有"显"和"彰"的含义，隐喻是"隐"与"显"的对立统一。

《诗经·大雅·抑》中有"取譬不远，昊天不忒"的说法，意思是说：取譬喻须近在眼前，正如上天赏罚毫厘不差。《周礼·春官宗伯·大师》有言："教六诗：曰风，曰赋，曰比，曰兴，曰雅，曰颂。"其中："比"是用类似的事物相譬喻，以刻画事物、表达情感；"兴"是先言他物，以此发端，触发自己的情感，而后引出全篇，阐发本义。

先秦诸子在辩说中主张用已知事物喻说未知事物。如，孔子指出，应以身边最熟悉的东西来设喻，其功能则是弘扬仁道："能近取譬，可谓仁之方也已。"（《论语·雍也》）"近"是取喻的原则和要求，"取"是言语表达者的态度和手段，它们构成了比喻运用的基本规律。墨子提出："辟也者，举也（他）物而以明之也。"（《墨子·小取》）这是我国最早关于隐喻的定义，它有两层内涵：其一，他物与此物

---

① 钱锺书：《管锥编》，中华书局 1986 年版，第 6 页。

的关系，相当于本体与喻体的关系；其二，"不明"和"明之"的关系，即隐喻的功能是通过已知说明未知。此外，他物与此物既有相同点，也有不同点："夫物有以同而不率遂同。"(《墨子·小取》)荀子提出"譬称比方"(《荀子·强国》)，"譬称以喻之，分别以明之"(《荀子·非相》)，强调了隐喻说明道理的功能；"凡同类同情者，其天官之意物也同，故比方之疑似而通。是所以共其约名以相期也"(《荀子·正名》)，则表明本体与喻体之间既有相通点，又有相异处。

两汉时期，隐喻研究比先秦时期的论述范围更广，不仅涉及隐喻的条件、性质和重要性，还涉及隐喻产生的原因。刘安《淮南子·要略》有言："假象取耦，以相譬喻。""假譬取象，异类殊形。"也就是说，人们要善于寻找不同物象间相同或相耦合的地方，即要找到隐喻中本体和喻体间的相似点；而且，所取之象必须是"异类""殊形"之间的耦合，这样才能"喻"得恰当。刘向《说苑·善说》云"以其所知谕其所不知而使人知之"，王符《潜夫论·释难》云"夫譬喻也者，生于直告之不明，故假物之然否以彰之"，他们都指出了隐喻的认知价值。《毛诗序》指出《诗经》有"六义"，其中的"比""兴"都是譬喻。郑众注《周礼·春官宗伯·大师》说："比者，比方于物也；兴者，托物于事也。"郑玄也指出，"比"是"比类而言之"，"兴"是"取善事以喻劝之"。

魏晋南北朝时期刘勰的《文心雕龙·比兴》提出："附理者切类以指事；起情者依微以拟议。……比则蓄愤以斥言，兴则环譬以托谕……观夫兴之托谕，婉而成章，称名也小，取类也大。……且何谓为比？盖写物以附意，扬言以切事者也。"刘勰指出，"比"与"兴"的区别在于："比显而兴隐"，"比则蓄愤以斥言，兴则环譬以托谕"。"比"是"比附"，用作"比"的事物纷繁多样："夫比之为义，取类不常：或喻于声，或方于貌，或拟于心，或譬于事。""比"有"比义"和"比类"两种，好的"比"能做到"物虽胡越，合则肝胆"。"兴"则是"兴起"，是"托谕"，是一种"隐"，与"象"有密切联系："夫隐之为体，义生文外，秘响旁通，伏采潜发，譬爻象之变互体，川渎之韫珠玉也。故互体变爻，而化成四象；珠玉潜水，而澜表方圆。"（《文心雕龙·隐秀》）。钟嵘的《诗品序》提出诗有"三义"，将"赋比兴"的传统排序调整为"兴赋比"，强调了"兴"的重要地位。"文已尽而意有余，兴也；因物喻志，比也"；"比兴讽喻"以"托喻清远"为美，而有别于一般的政教美刺。

唐代皇甫湜的《答李生第二书》指出，"比"既有"非类"（相异）又有"同类"（相似）的特征："凡喻必以非类。岂可以弹喻弹乎？""凡比必于其伦。"贾岛《二南密旨》云："四时物象节候者，诗家之血脉也。"孔颖达以体、用分释

"六诗"："……风雅颂者，诗篇之异体；赋比兴者，诗篇之异辞耳。……赋比兴是诗之所用，风雅颂是诗之成形"；"诸言如者，皆比辞也"。释皎然对"比""兴"做了最有特色的阐释："取象曰比，取义曰兴，义即象下之意。凡禽鱼草木人物名数，万象之中义类同者，尽入比兴。"（《诗式》）所谓"比"，就是"取象"，选取两个相似的形象；所谓"兴"，就是"取义"，取"象下之意""象外之意"，即抽象出的、相关性的"意"。

南宋朱熹《诗集传》言："比者，以彼物比此物也"；"兴者，先言他物以引起所咏之词也"。这里，"比"是"以彼物比此物"，即打比方；"兴"是"触物以起情"，"他物"指外在于人的事物，"所咏之词"指诗之主题，它们之间是"引起"与"被引起"的关系，不一定有意义上的联系。陈骙的《文则》是我国第一部修辞学著作，它将比喻分为十类（直喻、隐喻、类喻、诘喻、对喻、博喻、简喻、详喻、引喻、虚喻），首次提到了"隐喻"这个概念。陈骙指出："《易》之有象，以尽其意；《诗》之有比，以达其情。"他还关注到喻词："或言犹，或言若，或言如，或言似，灼然可见。"宋末元初戴侗的《六书故·六书通释》指出："圣人因器以著象，立象以尽意，引而申之，触类而长之，而天下之精义靡有遗焉。"这里的"引申"相当于"隐喻"，戴侗充分认识到抽象在具体之中，具体之中有抽象的存在。

明代徐元太的《喻林》从 400 余种经史子集及道佛之书中撷取、汇集了譬喻、谐隐、寓言等众多隐喻现象；全书分为造化、人事、君道、臣述、德行、文章等 10 门，共 580 类，类下又分子目。郭子章在其《序言》中云："故夫立言者必喻，而后其言至；知言者必喻，而后其理彻。"归有光的《文章指南·譬喻则第十三》将隐喻置于篇章结构中予以考察，将寓言等篇章的隐喻现象也纳入隐喻研究，凸显了隐喻的认知价值。

清代吕佩芬的《经言明喻编》收集了十三经中的比喻，共有喻词 7391 条，将文章立言之法归为正言（相当于直说、明说）和喻言（相当于隐喻）两类，将比喻分为"物喻""人喻""事喻"三类。段玉裁的《说文解字注》中贯穿了本义与引申义的问题，朱骏声的《说文通训定声》里以"转注"囊括"引申"。章太炎创"转注假借说"，以"假借"囊括"引申"，又把引申理论贯穿其字源专著《文始》，以"引申"解释"义通"。黄侃把"引申"提到训诂学的定义中，赋予这个问题以更重要的地位。陈廷焯论及隐喻具有针砭、讽刺而不伤人伤己的交际功能和社会功能："感慨时事，发为诗歌，便已力据上游。特不宜说破，只可用比兴体，即比兴中亦须含蓄不露，斯为沉郁，斯为忠厚。"（《白雨斋词话》）

1932 年，陈望道的《修辞学发凡》指出：譬喻和被譬喻的两个事物必须有一点极其相似，这两个事物还必须在其整体上极其不同；缺了第一个要点，譬喻不能成立；缺了第二个要点，修辞学上不能称之为譬喻。陈望道指出，譬喻中存在"正文"（本体）、譬喻（喻体）和譬喻语词（比喻词）三个成分，并根据这三个成分的异同、隐现划分了明喻、隐喻和借喻等譬喻辞格。

1945 年，闻一多在《说鱼》一文中指出："喻训晓，是借另一事物来把本来说不明白的说得明白点；隐训藏，是借另一事物来把本来可以说得明白的说得不明白点……喻有所谓'隐喻'，它的目的似乎是一壁在喻，一壁在隐。""'隐'在《六经》中，相当于《易》的'象'和《诗》的'兴'……'象'与'兴'实际都是隐，有话不能明说的'隐'，所以《易》有《诗》的效果，《诗》亦兼《易》的功能，而二者在形式上往往不能分别。"[1] 闻一多所说的"隐"与"隐喻"的话语建构方式都是用"喻"来暗示，是表达的一种方式。"象"是"兴"形成的桥梁，二者密不可分。在《诗经》的"隐兴"诗中，"象"有"窥意象而运斤""象外之象""气象混沌"等不同的作用，是有"意味"的"象"。所以说"立象以尽意"（《易·系辞上》），"得象而忘言，象者所以存意"（《周易略例·明象》）。

---

[1]　朱自清等编：《闻一多全集》第 1 册，上海人民出版社、上海书店出版社 2020 年版，第 128 页，第 129 页。

钱锺书对隐喻的研究居中国近现代学者之首。钱锺书指出，比喻是文学语言的特点，"每一种修词的技巧都有逻辑的根据……一个比喻就是割截的类比推理……所比较的两桩事物中间，至少要有一点相合；否则，修词学上的比喻牵强，便是逻辑上的不伦不类。……诗人心思锐敏，能见到'貌异心同'的地方，抓住常人所看不到而想得懂的类似之点，创造新的比喻"①。在审美创造中，"隐喻思维"发挥着独特的作用："诗也者，有象之言，依象以成言；舍象忘言，是无诗矣，变象易言，是别为一诗甚且非诗矣。"②在审美创造活动中，比喻往往成为诗的形象，隐喻思维本身就代表了诗的逻辑，诗的意义也附丽于隐喻而得以显现。因此，中国传统思维模式在审美创造领域中的价值较其在哲学认识论上的价值更大。

钱锺书指出，"理赜义玄"，逻辑思辨难以穷尽之，只能"假象于实"，托隐喻类比以为"研几探微"的途径，故可用各种不同的"象"即"多名"来隐喻同一所指对象——"变其象也可"；"及道之既喻而理之既明，亦不恋着于象，舍象也可"。③理论文中的比喻只是用来说明道理的，道理说明了，比喻就可放弃；而且，"取象喻道"采取类推的方法而

① 钱锺书：《落日颂》，《写在人生边上 人生边上的边上 石语》，生活·读书·新知三联书店 2007 年版，第 249 页。
② 钱锺书：《管锥编》，中华书局 1986 年版，第 12 页。
③ 钱锺书：《管锥编》，中华书局 1986 年版，第 11—12 页。

无法采用逻辑论证的方法，这虽可能产生某种卓越的洞见，但洞见的产生仅属于或然率的范围，"所以喻道，而非道也"（《淮南子·说山训》）。隐喻使我们有可能通过一种熟悉的经验去理解另外一种陌生的经验，从而将世界的不同方面联系在一起，形成一个可以认知的整体。创造出什么样的新的隐喻，意味着开启什么样的世界，创造出什么样的现实。

钱锺书提出了"两柄多边"的隐喻理论。所谓"两柄"，指的是取譬时同一喻体具有两面性，两意兼收，相克相成："同此事物，援为比喻，或以褒，或以贬，或示喜，或示恶，词气迥异；修词之学，亟宜拈示。斯多噶派哲人尝曰：'万物各有二柄'，人手当择所执。刺取其意，合采慎到，韩非'二柄'之称，聊明吾旨，命之'比喻之两柄'可也。"[1] 所谓"多边"，指的是取譬时所取事物之间的相似性是"多边"的，有多种不同的意义。钱锺书说："比喻有两柄而复具多边。盖事物一而已，然非止一性一能，遂不限于一功一效。取譬者用心或别，着眼因殊，指同而旨则异；故一事物之象可以孑立应多，守常处变。"[2]

钱锺书指出，隐喻的构成本质在于"辩证法"之"相反相成"，而与毕达哥拉斯学派的思想相通："'有无相生，难

---

[1] 钱锺书：《管锥编》，中华书局 1986 年版，第 37 页。
[2] 钱锺书：《管锥编》，中华书局 1986 年版，第 39 页。

易相成'等'六门'，犹毕达哥拉斯所立'奇偶、一多、动静'等'十门'，即正反依待之理。"①钱锺书举了《管子·宙合》《庄子·齐物论》《维摩诘所说经·入不二法门品》等例子，说明"六门"之相生、相成，详细阐述了"难易相成""有无相生""长短相较""高下相倾""音声相和""前后相随"等"六门"。钱锺书借用南宋诗人巩丰的"是雨亦无奇，如雨乃可乐"这两句诗阐释道："'如'而不'是'，不'是'而'如'，比喻体现了相反相成的道理。所比的事物有相同之处，否则彼此无法合拢；它们又有不同之处，否则彼此无法分辨。两者全不合，不能相比；两者全不分，无须相比……不同处愈多愈大，则相同处愈有烘托；分得愈远，则合得愈出人意表，比喻就愈新颖。"②隐喻的最大魅力就在于相似与差异之间所构建的巨大张力，故钱锺书有言："取譬有行媒之称（参观《史记》卷论《樗里子、甘茂列传》），杂物成文，撮合语言眷属。"③

　　钱锺书总结道："我们对于世界的认识，不过是一种比喻、象征的、像煞有介事的、诗意的认识。用一个粗浅的比喻，好像小孩子要看镜子的光明，却在光明里发现了自己。人类最初把自己沁透入世界，让心钻进了物，建设了范畴概

---

①　钱锺书：《管锥编》，中华书局 1986 年版，第 414 页。
②　钱锺书：《七缀集》，上海古籍出版社 1994 年版，第 43 页。
③　钱锺书：《管锥编》，中华书局 1986 年版，第 930 页。

念；这许多概念慢慢地变硬变定，失掉本来的人性，仿佛鱼化了石。到自然科学发达，思想家把初民的认识方法翻了过来，把物来统制心，把鱼化石的科学概念来压塞养鱼的活水。"[①]人类在认识世界的各种事物和建构各种概念、范畴时，切切实实地借用了以己度物的隐喻方式。故西哲每谓"义理之博大创辟者每生于新喻妙譬，至以譬喻为致知之具、穷理之阶"[②]。也就是说，"理论文"可以是"文学的"，逻辑思维可与隐喻思维互补融合，发挥出隐喻思维的独特作用：

> ……道不可说、无能名，固须卷舌缄口，不著一字，顾又滋生横说竖说、千名万号，虽知其不能尽道而犹求亿或偶中、抑各有所当焉。谈艺时每萌此感。听乐、读画，睹好色胜景，神会魂与，而欲明何故，则已大难，即欲道何如，亦类贾生赋中鹏鸟之有臆无词。巧构形似，广设譬喻，有如司空图以还撰《诗品》者之所为，纵极描摹刻划之功，仅收影响模糊之效，终不获使他人闻见亲切。是以或云诗文品藻只是绕不可言传者而盘旋。亦差同"不知其名"，而"强为之名"矣！[③]

---

① 钱锺书：《中国固有的文学批评的一个特点》，《写在人生边上　人生边上的边上　石语》，生活·读书·新知三联书店 2007 年版，第 131 页。
② 钱锺书：《管锥编》，中华书局 1986 年版，第 11—12 页。
③ 钱锺书：《管锥编》，中华书局 1986 年版，第 410 页。

这里，钱锺书以身说法，"神会魂与"，即进入在我非我的"道境"；"口不能言，心下快活自省"（黄庭坚《品令·茶词》)，"此中有真意，欲辨已忘言"（陶渊明《饮酒》)；"巧构形似，广设譬喻"乃知难而上，横说竖说，千名万号。"纵极描摹刻划之功，仅收影响模糊之效，终不获使他人闻见亲切"，仍如推着石头上山的西西弗斯，"绕不可言传者而盘旋"，"不知其名"而"强为之名"；在不懈"争执"中，"常名"许能在世界中获得澄明。通过研究原始词义的两歧性、"虚实互变"的变易观、"一多互摄"的全息性等，钱锺书把握了汉语"一字多义且可同时使用"的精义，揭示出汉语现象的心理学依据及其潜在优势，其对于汉语特性与传统思维模式的分析，具有某种意义上的现代性。

比较而言，中国的隐喻研究重"兴象"、重直觉、重体验、重体悟，西方的隐喻研究则多借助符号化的概念语言，以及在判断、推理、归纳等系统中进行的逻辑思维。叶嘉莹指出：西方的批评术语隐喻、明喻、转喻、象征、拟人、举隅、寓托和外应物象等技巧、模式的选用属于"比"的范畴；"比"是从内心到外物，"兴"则是从外物到内心；西方诗论中没有相当于"兴"的名目，其所重视的是意象模式之安排制作的技巧，而中国诗论则更重视兴发感动的生命。[①]

---

① 参见叶嘉莹：《迦陵论诗丛稿》，北京大学出版社 2014 年版，第 31—34 页。

　　中西隐喻研究大体都经历了从修辞格到认知方式的发展历程。时至今日，隐喻似乎充斥了我们的整个生活，从一个附属位置移动到中心位置，从修辞学者和文学批评家的关注对象成为研究人类理解的中心问题。在这种变化中，隐喻作为一个思维性问题，其重要性逐渐呈现上升趋势。隐喻的本质是跨领域映射，即在不同概念系统之间建立联系，从熟悉的、有形的、具体的、常见的概念域来认知生疏的、无形的、抽象的、罕见的概念域，而"知比未知，方传心意"。隐喻涉及意义的衍生和变化，既是语言行为也是心理行为，既基于语言又超乎语言。隐喻在本质上是某种解悟模式，是一种重要的认知活动，"比较""替代""互动"则是其"转换生成"之工作机制的同位表述。隐喻具有巨大的语言生成力，更是思想创造力的中心所在，它对多个学科都颇具意义，其使用体现在人类思维的各个方面，对于我们认识世界、发展知识、形成概念、展开思维、做出推理、组织思想等有着至关重要的作用。

第二节 ∶
西方的隐喻研究 ∙

隐喻研究在西方一直是一门显学。

古希腊哲学家柏拉图极力反对使用隐喻，认为隐喻破坏了语言表达的严谨性和精确性，隐喻和其他修辞方法是哲学研究的重要敌人。然而，在个人哲学思想的表达中，柏拉图自己却不遗余力地使用隐喻。在柏拉图看来，可知的理念是可感的事物的根据和原因，可感的事物是可知的理念的派生物。为了论证可感世界和可知世界的"两个世界"学说，柏拉图借助"太阳喻""线段喻""洞穴喻"三个隐喻，生动描述了自己关于理念的思想。为了解释这种自相矛盾的做法，柏拉图在《斐德若篇》中区分了"真正的修辞学"和"虚假的修辞学"：前者是在对真理认识的基础上进行说服，后者则只考虑说服的效果而不顾及真理。

在《诗学》中讨论名词的种类时，亚里士多德说："用一个表示某物的词借喻它物，这个词便成了隐喻词，其应用范围包括以属喻种、以种喻属、以种喻种和彼此类推。"[①] 在《修辞学》中，亚里士多德指出：这四种隐喻里类比式隐喻最受欢迎，明喻以含有类比式隐喻的为最好；隐喻用一个词替代另一个词来表达同一意义，二者属于一种比照关系；隐喻是对词语"字面"或"平常"用法的一种分离，既复杂又富有诗意，赋予了日常语言一种特质；隐喻的主要功能是修饰作用，不仅使言辞清晰、富于魅力，而且使事物活现在眼前，使我们有所领悟，有所认识；善于使用隐喻的人是天才，最伟大的事情莫过于成为隐喻大师。[②] 亚里士多德指出："善于使用隐喻意味着发现相似性——凝视相似性，注目于相似性。"[③] 亚氏把隐喻看成词汇层面上的修辞现象，其理论核心是相似性，隐喻研究史称之为"比较论"。

与亚里士多德一样，古罗马哲学家西塞罗把隐喻看成词语的转移或借用，相似性在隐喻使用中发挥着重要作用；西塞罗把隐喻看成次要的词汇比较，认为它是主要的词汇比较明喻的一种。修辞学家昆体良（35—95）在亚里士多德的基础上提出隐喻的"替代论"，认为隐喻是用一个词去替代另一个词，将一个事物的名称换成另一个事物的名称。在《演

---

① 亚里士多德：《诗学》，陈中梅译注，商务印书馆 1996 年版，第 149 页。
② 参见亚理斯多德：《修辞学》，罗念生译，生活·读书·新知三联书店 1991 年版，第 176—188 页。
③ 转引自保罗·利科：《活的隐喻》，汪堂家译，上海译文出版社 2004 年版，第 268 页。

说的原理》一书里，昆体良还指出隐喻具有四个方面的转义特征：1.有生命的转义为无生命的；2.无生命的转义为有生命的；3.有生命的转义为另一有生命的；4.无生命的转义为另一无生命的。昆体良将隐喻视为"点缀在风格上的高级饰物"。

中世纪的经院哲学家大多贬低隐喻，隐喻被视为与异教徒的雄辩一样是不道德的。阿奎那的隐喻思想与亚里士多德比较接近，他认为在《圣经》中使用隐喻既是必要的，又是有益的，神性的真理可以通过与世俗事物的比较来让人领悟。但丁在《致斯加拉大亲王书》一文中指出，文艺作品具有复合意义，它可分为字面意义、神秘或讽喻意义、道德意义和神秘比附的隐喻意义，诗人的工作就是不断深化、丰富作品的意义，并最终发现上帝预设的意义，而隐喻则是由现象的此岸抵达真理的彼岸的必经道路。

17世纪，随着科学的勃兴，培根、霍布斯、洛克等人质疑隐喻的多义与含混，视之为扰乱秩序、败坏语言、遮蔽真理的元凶。如，霍布斯认为，人的概念系统在本质上是非隐喻的，隐喻是一种"语言的误用"，其意义不过是直白语言的字面改写。他断言以隐喻进行推理等于在谬论中迷走，终将导致争斗、叛乱与屈辱。与科学主义贬抑隐喻不同，人文主义则对隐喻充满了期待。

笛卡尔认为认识源于理性自身，他提出"我思，故我在"，确立了一个"把思维作为主体"的哲学理论。隐喻推理使抽象思维成为可能。哲学是基于隐喻的。古希腊的毕达哥拉斯运用"存在是数"的隐喻，将数学中的本体映射到一般的存在之上；而笛卡尔则运用"理解是看见"的隐喻，将视觉域的推理类型映射到心智域和思维域。维柯认为：隐喻总是处于"人的创造"的中心，一切诗性智慧都是在隐喻中形成的；"一切语种里大部分涉及无生命的事物的表达方式都是用人体及其各部分以及用人的感觉和情欲的隐喻来形成的"[①]；"一般地说，隐喻构成全世界各民族语言的庞大总体"。

康德在研究创造力与想象力时对诗性隐喻褒奖有加，认为人的隐喻能力是人的普遍创造力的表现，创造性的隐喻能引发比直白概念更多的理性思考。康德在很大程度上把概念理解为一种隐喻投射："人们使用经验直觉进行类推。在类推中判断起双重作用：首先，将概念运用于感知到的事物中；然后，将直觉思考的规则运用于完全不同的事物，前者仅是后者的符号。……我们的语言充满了这类通过类推获得的间接性概念化。"[②]卡莱尔也将隐喻视为人类体验世界、思维和生活的一种方式："世人谓文字乃思想之外衣，不知文

---

① 维柯：《新科学》，朱光潜译，人民文学出版社1986年版，第180页，第205页。
② 转引自王寅：《认知语言学》，上海外语教育出版社2007年版，第404页。

字为思想之皮肉，比喻则其筋络。"[1]

1923 年，卡西尔将人类认识的起点追溯到语言和神话，认为无论神话和语言在内容上有何不同，二者都受制于"隐喻思维"这种"心智概念形式"。他将"隐喻思维"称为"神话思维"，认为"人类的全部知识和全部文化从根本上说并不是建立在逻辑概念和逻辑思维的基础之上，而是建立在隐喻思维这种'先于逻辑的（Prelogical）概念和表达方式'之上"[2]。卡西尔强调了语言与神话在哲学中的超前地位，突出了隐喻思维在人类文化与哲学中的重要性。

1936 年，理查兹的《修辞哲学》指出：隐喻是语言无所不在的原理，我们的日常生活中充满了隐喻，平均每三句话就会出现一个隐喻；隐喻与人类的认知紧密相连，源于日常经验的认知系统构成了语言运用的心理基础；隐喻在理论上可划分为本体和喻体两个部分，本体是隐喻的主体和核心，喻体是指涉本体的种种方式，它们共同作用产生了一种包容性的意义。理查兹质疑了亚里士多德的"比较论"，提出了隐喻的"互动理论"，认为：隐喻的核心是两个命题概念的交互作用，即将两个不同的"表象"带入一个互动的关联之中，这种关联由一个词或一个短语来体现；我们不能过于强

---

① 转引自钱锺书：《中国固有的文学批判的一个特点》，《写在人生边上 人生边上的边上 石语》，生活·读书·新知三联书店 2007 年版，第 58—59 页。
② 甘阳：《代序：从"理性的批判"到"文化的批判"》，见卡西尔：《语言与神话》，于晓等译，生活·读书·新知三联书店 2017 年版，第 14 页。

调事物之间的相似性，而应看到语词背后两种不同思想之间的"张力"和"相互作用"。

1954 年，新批评理论家维姆萨特指出："在理解想象的隐喻的时候，常要求我们考虑的不是 B（喻体，Vehicle）如何说明 A（喻旨，Tenor），而是当两者被放在一起并相互对照、相互说明时能产生什么意义。强调之点，可能在相似之处，也可能在相反之处，在于某种对比或矛盾。"①

1962 年，布莱克在《模式与隐喻》一书中指出：隐喻由"主题"与"副题"构成，前者（隐喻词）为隐喻提供了某种"框架"，后者（语境）则充当了隐喻的"聚焦点"；"副题"是一个"涵义系统"，其诸多意义通过选择、压缩、强调、组合投射到"主题"，便形成隐喻；"主题"与"副题"通过认知行为相互作用，建立起与"主题"相关的新涵义系统。可见，隐喻创造而非陈述已有的相似性。

1965 年，雅各布森在《语言的功能》中指出，隐喻与转喻代表了语言使用的两个平面：一是选择，二是组合。隐喻表现的是以相似性为特点的选择关系，转喻表现的则是以毗邻性为特点的组合关系。雅各布森认为，对所有言语行为与一般人类行为而言，隐喻与转喻都具有首要的意义与重要

---

① 威廉·K. 维姆萨特：《象征与隐喻（1954）》，杨德友译，赵毅衡编选：《"新批评"文集》百花文艺出版社 2001 年版，第 403 页。

性，它们不但可应用于文学，而且可应用于一切文化研究。

西方传统上认为隐喻的主要表现形态是单词。1975 年，利科的《活的隐喻》批驳了这种"词语的专制"，提出只有意识到语句是意义的一个初级单位，才能正确处理隐喻问题。利科将隐喻研究由词语扩展到语句和话语，从修辞学、语义学、符号学和诠释学的角度深入研究隐喻，指出隐喻是话语借以发挥某些虚构所包含的重新描述现实能力的修辞学手段，隐喻作为一种话语，只有在陈述中才有意义。利科提出了"隐喻的真理"概念，认为隐喻不仅仅是名称的转用，也不仅仅描述了不同事物之间的相似性，它还创造了不同范畴的事物之间的相似性，这一创造过程就是构建认知的过程。

1979 年，塞尔的《解释与意义》从语用学角度指出，隐喻是句子的意谓和说话者的意谓相分离，主要依靠语境转换"字句意义"而生成隐喻义。话语意义（隐喻意义）和句子意义（字面意义）之间的关系是系统的而非任意的，说话人所述的隐喻意义脱离了句子的字面意义，实质上表达了说话人本人的真实意图。隐喻话语的一般形式是：说话人说"S is P"，其隐喻意义为"S is R"。隐喻理论就是解释"S is P"的意义如何成为"S is R"，对 S、P、R 之间的关系以及说话者和听话者利用其他信息和原则做出说明，以解释说话者何以能说"S is P"，却表达"S is R"，以及如何能将后者传达给听话者。

　　1980 年，莱考夫、约翰逊合著的《我们赖以生存的隐喻》出版，这标志着隐喻的研究实现了单纯从修辞格、形式语言学和语义学研究到认知研究的转向。莱考夫、约翰逊认为：隐喻不是语言的表面现象，而是深层的认知机制；"隐喻的本质就是通过另一种事物来理解和体验当前的事物"，"不论是在语言上还是在思想和行动中，日常生活中隐喻无所不在，我们思想和行为所依据的概念系统本身是以隐喻为基础"①。他们认为，人类的思维在很大程度上是隐喻性的，人类的概念系统是以隐喻的方式结构化并定义的；换言之，隐喻不仅仅是一种表达方式，而且是一种概念化方式，是人类认知和思维的基础，我们借此组织思想、形成判断、生成语言。通过分析大量的语料，莱考夫和约翰逊提出了"概念隐喻"，如"人生是旅途""争论是战争""时间是金钱""思想是食物""思想是人""思想是植物"等。"概念隐喻"包含两个认知域：始源域是我们熟悉的、已知的、具体的认知域；目标域是不熟悉的、有待理解的、抽象的认知域。"概念隐喻"就是将始源域的结构系统映射到目标域之上，即以另一件事情或经验（始源域）来理解和表达这一件事情或经验（目标域）。可见，隐喻本质上是概念性的而不是语言性

---

① 乔治·莱考夫、马克·约翰逊：《我们赖以生存的隐喻》，何文忠译，浙江大学出版社 2015 年版，第 3 页，第 1 页。

的，其立足点并不是语言。

1983 年，金特纳提出了隐喻理解的"结构映射理论"，它有三个理论前提假设：1. 知识由事物的特征及事物间的相互关系所组成；2. 知识是以命题网络的形成呈现的；3. 在这个网络中，节点表征的是作为整体的概念，事物间的关系是通过命题的方式来连接和表达的。根据这些假设，隐喻的理解是事物之间关系的匹配，结构映射则是两个事物之间相似性关系结构的映射。

1987 年，约翰逊在《思想中的身体》一书中指出，"想象的结构"包括"意象图式"与"隐喻投射"。通过拓展、深化意象图式，隐喻赋予人类经验及理解以形式与结构，发挥着"构成性"的作用。1990 年，莱考夫在《女人、火与危险事物》一书中指出，自然的隐喻概念是有意味的，它们直接建立在有意义的概念之上，并以人类经验的相互关系为基础，日常经验激发了特定隐喻映射的每一细节。

1998 年，福柯尼耶、特纳则提出"概念整合理论"，指出概念整合网络包含"输入空间"（"源空间"＋"目标空间"）、"类属空间"和"整合空间"等心理空间，它们彼此联系、相互作用而产生层创结构，层创结构的产生过程便是隐喻意义的运算与产生过程。①

---

① G. Fauconnier, M. Turner, "Conceptual intergration networks", *Cognitive Science*, 1998, 22(2): 133-187.

　　1999 年，莱考夫、约翰逊合著《肉身哲学：亲身心智及其向西方思想的挑战》，指出：我们的认知基于与周围融为一体的鲜活肉身，肉身性体验是我们一切表达、思维、了解和交流的首要基础；肉身哲学是基于实证的可靠哲学，它将心智亲身性、认知无意识和隐喻性思维融会贯通。该著作一方面逐一检讨心智、真实、时间、原因、自我、道德等概念，另一方面揭示以往哲学思维模式背后的隐喻结构，指出哲学其实被文本中的隐喻结构左右，"拒绝隐喻就等于扼杀哲学。没有大量的概念隐喻，哲学就不能腾空翱翔"[①]。

　　2001 年，斯坦哈特的《隐喻的逻辑》将"可能世界"这一概念引入，拓展了隐喻语句真值条件的研究。在隐喻语句里本体是现实世界中的事物，而喻体则是虚构的事物，也就是说，源域具有假设性。这些虚构的事物（如"凝固的音乐""钢铁长城"）是人们通过概念整合想象出来的，只存在于某个不同于目标域所在的可能世界之中。判断隐喻语句的真值条件，应在分处于不同可能世界的两个情景之间的对应关系中定义；可能世界由情境构成，类比涉及情景之间的配对，我们或可将类比的意义视为从情景配对到真值的函项。

　　西方当代隐喻理论研究表明：隐喻在根本上是概念性

---

① 乔治·莱考夫、马克·约翰逊：《肉身哲学：亲身心智及其向西方思想的挑战》（一），李葆嘉等译，世界图书出版有限公司北京分公司 2018 年版，第 128 页。

的，不是语言性的；隐喻性语言只是概念隐喻的表象呈现。隐喻是我们理解抽象概念和进行抽象推理的主要机制，它构成了"心"（思维）—"物"（现实）转换生成过程的环中之义，体现了意义与形式、主旨与载体的统一。从结构上看，隐喻是跨概念域的映射，是在源域实体和靶域实体之间的一系列固定的本体性对应，它根植于身体与日常生活体验和知识之中。隐喻映射包括概念映射和意象映射，源域的意象图式结构以与靶域内在结构一致的方式投射到靶域上。隐喻有若干重要特征：其一，规约概念隐喻的系统是无意识且自动的，这个隐喻系统在语言的语法和词汇中都起着重要的作用，构成我们对于体验的理解以及基于该理解的行为方式的核心；其二，新奇隐喻或诗性隐喻是我们日常规约隐喻思维系统的延伸，与规约隐喻一样，接受相同的规约限制；其三，隐喻的映射在普遍性上有所不同，有的似乎普遍存在，有的则为某种文化所特有。[①] 韦勒克指出，一种语言词源学意义上的隐喻，通常不被讲本民族语言的人"认识"，具有敏锐分析能力的外国人反倒视之为独特的诗的成就。"一个人必须既很熟悉语言的传统法则，又很熟悉文学的传统法则，才能感觉和衡量某一诗人所用隐喻的意图。"[②]

---

① 参见于宁：《当代隐喻理论：基于汉语的视角》，孙毅译，商务印书馆 2023 年版，第 45—46 页。
② 勒内·韦勒克、奥斯汀·沃伦：《文学理论》（修订版），刘象愚等译，江苏教育出版社 2005 年版，第 225 页。

第三节 ●
　　　　　　　　　　　　　　 ●
隐喻的分类与运用 ●

　　隐喻的分类是十分复杂的问题。从不同的角度、基于不同的方法、运用不同的观点，可对林林总总的隐喻做出不同的分类[①]。

　　（一）从表现形式角度可将隐喻分为：显性隐喻和隐性隐喻。显性隐喻中有诸如"像""好像"等一类的喻词，一般被称作明喻。隐性隐喻则没有"像""好像"一类喻词，而是用"是""为""成为"等来直接表达二者之间的关系。

　　（二）从派生性角度可将隐喻分为：根隐喻和派生隐喻。前者指位于一个概念结构中心的隐喻，在本体、喻体之间具有较多的相似性，或常常被视为同一种事物，并在此基础上派生出其他隐喻。根隐喻对于人类概念系统的形成、认识世界的方式、日常思维的发展具有重要的影响和作用，还会限

---

① 本节主要参考束定芳：《隐喻学研究》，上海外语教育出版社 2000 年版，第 51—90 页；王寅：《认知语言学》，上海外语教育出版社 2007 年版，第 412—430 页；刘宇红：《隐喻的多视角研究》，世界图书出版公司北京公司 2011 年版，第 30—47 页；杨延宁：《汉语语法隐喻研究》，北京大学出版社 2020 年版，第 21—34 页，第 92—112 页。

制人们对现实的认识和理解。在某种意义上，哲学体系就是一个"根隐喻"（概念模型）的扩展表述，一切哲学的工作就是细致地批判前辈或同行所使用的隐喻，一旦被对手击中"阿喀琉斯之踵"，整座理论大厦便轰然倒地。

（三）根据相似性在认知中的作用可将隐喻分为：以相似性为基础的隐喻和创造相似性的隐喻。前者指本体、喻体之间存在某种相似性，人们可不自觉或较容易地发现其间的相似性；后者指人们在认知基础上将本体、喻体并置后，在二者之间创建一种新联系，从而使得人们可从一个新的角度来认识事物。

（四）从词类角度可将隐喻分为：1.名词性隐喻，即由名词构成的隐喻，可充当句子的主语、宾语、同位语等。如：[1]那条毒蛇终于走了。[2]偏见是伪装的无知。[3]为国内企业捆绑做媒，这是只有我们这些从计划经济时代走过来的老古董才能想出来的臭棋。（"我们"和"老古董"是同位语）2.动词性隐喻，即在语句中主语或宾语与动词之间的非常规搭配，包括：a.主谓新奇搭配。如：[1]×××（运动员）"触电"。[2]世界为中国喝彩。b.动宾新奇搭配。如，[3]愤怒的语言灼伤了他的舌头。c.主谓宾新奇搭配。如，[4]思想流溢于笔端。3.形容词性隐喻。如：[1]奔跑的火光。[2]乱糟糟的思想。4.副词性隐喻。如，"百姓热说'入世'"。5.介词性隐喻。介词最原始的意义多用来表示空间关系，后来从空间关系不断向其他认知域扩展，形成了介词的多义性和丰富表达力。如：［1］八小时之外是私人时间。［2］企业走出了困境。

（五）从语言层面分类

1.语音层面。语音（或发音方式）与其所指对象或所表达的意义之间有一定的相似性，"语音隐喻"即能指与所指之间的相似性。可分几类：（1）音同义异类隐喻。如，"二三四五，六七八九"，其中缺"一"缺"十"，喻指缺衣缺食。谐音亦可产生对应的隐喻义，如：《红楼梦》里的人物名字：贾政——假正；甄士隐——真事隐；贾雨村——假语存；十里街——势利街；仁清巷——人情巷；等等。（2）歇后语和诗义对联。如：［1］蛤蟆跳井——不懂，不懂（卜咚，卜咚）。［2］因荷而得藕，有杏不须梅（因何而得偶，有幸不须媒）。（3）音同形同义异的语音双关。如，"清风不识字，何必乱翻书"。（4）语音仿拟，即通过套用或改动现有表达中的语音来造出新的词语。许多广告语便通过"语音仿拟"取得特殊的语用效果。如：［1］一"明"惊人（眼镜店广告）。［2］一"网"情深（国际互联网广告）。（5）押韵表达，不少谚语、俗语、成语都是基于语音隐喻形成的。如，"East or west, home is best"，这里，选用east–west而不是north–south，是出于west与best押韵的缘故。也就是说，best激活选用了west，二者的音位单位同韵。（6）黑话、暗语，这类话语常因语音的缘故而更换说法。如："路"和"败露"的"露"同音，带路的向导叫"带条子"；"饭"和"犯"同音，说成"瓢子"，而吃饭就叫作"填瓢子"；等等。（7）民俗文化中的语音隐喻。如：大年初一吃圆子，意在团团圆圆；吃年糕，意在年年升高；送别客人时吃长面条，意为友谊长存。

2. 词句层面，通过本体与喻体在词语意义上的冲突，化解矛盾，求得统一，就能在句级上产生隐喻性的句义。不少谚语常常是一个句子，其意义从整体上充当喻体，而被喻说的本体常不出现。如：［1］量小者易怒。［2］欲加之罪何患无辞。

3. 超句层面，即大于句子的层面，类似小语篇。如苏轼《题西林壁》："横看成岭侧成峰，远近高低各不同。不识庐山真面目，只缘身在此山中。"只有喻体，没有本体，蕴含深刻哲理，以说明"当事者昏旁观者清"。寓言多用假托的短小故事或自然物寄托某种寓意或思想，说明某种道理或教训，是一种典型的隐喻性篇章，可视为一种隐喻扩展。其中，可能喻体、本体都出现，也可能只有喻体，没有本体。

4. 语法层面。语法隐喻强调的是语法概念或形式与现实世界或语义之间的关系，大致有三类：（1）以语法术语隐喻现实世界；（2）以语法结构隐喻现实世界；（3）以语法理论隐喻现实世界。如，中世纪有人抨击罗马教廷时说：语言中有六个格，但罗马只要两个就可以了：与格（Dative）和宾格（Accusative）。前者隐喻"贪污"，后者隐喻"虚伪的诉讼"，这就将那时罗马教廷一手捞钱、一手整人刻画得入木三分。又如：［1］我与她已是过去时。［2］带问号的一年。时态替换、人称替换、标点符号、大小写等也可以形成语法隐喻。如，过去时虚拟用法可表示"谦虚"，用第三人称单数代替第二人称可加大距离，用"我们"代替"我"或"你（们）"可拉近距离，引号的使用可表示讽刺、否定的意味。在19—20世纪英国和德国诗歌中，词首常用大写字母代替小写字母以示巴洛克风格，强调抽象名词或使抽象名词具有寓言特征。语法隐喻的运用与交际主体、方式、体裁、文风、情景等许多因素有关。

（六）从新奇性角度可将隐喻分为：死隐喻和新奇隐喻。前者指原来的隐喻性表达在语言使用过程中逐步成为语言中的常见用法，或者说一个词语的隐喻义与原义之间已失去联系，而使人们不再觉得它们是隐喻。如"山头""山脚""河口""针眼""火车头""火柴头"。后者与创造相似性的隐喻有关，产生于本体、喻体之间的较大差异，超出了原有思维方式和语言表达，产生一种陌生化效果。如：［1］次贷危机是金融的成人病。［2］中国报业遭遇天花板。一个词语的隐喻性用法从"新"到"旧"的过程是该词语不断扩展词义的主要途径。诗人的语言以隐喻为典型特征，一旦诗人的语言成为普通语言,其隐含性用法便逐渐消失,成为"死喻",如海德格尔所言,思与诗是近邻。语言是用旧了的诗。今日的词汇是昨日隐喻意义的沉淀,一个词今日的隐喻意义很可能成为该词汇日后的字面意义。

(七)从要素共现角度分类。一个隐喻包括本体、喻体、喻底、喻词四个基本要素。本体和喻体之间的相似性关系可视为一个隐喻的"喻底"。根据本体、喻体、喻底三者共现情况可将隐喻分为以下几类:

1.三者共现。如:[1]苛政猛于虎。[2]这种婚姻简直就是毫无自由的牢笼。

2.本体+喻体。如,"这种婚姻简直就是一个牢笼"。

3.只有喻体。如:[1]三个臭皮匠,顶个诸葛亮。[2]癞蛤蟆想吃天鹅肉。

4.只有本体。根据特定语境可理解被省略的有关喻体。如,"对这类困难我们并不怕,该压就压",其中"这类困难"指"这类弹簧式的困难"。

5.本体+喻底。如,"曙色流动在原野尽头"。

6.喻体+喻底。如:[1]近朱者赤,近墨者黑。[2]春蚕到死丝方尽,蜡炬成灰泪始干。

7.多喻体共现,即用两个以上的喻体来喻说一个本体或话题,多方面、多角度表达一个事物,展示其多样的形象特征。如:[1]长征是宣言书,长征是宣传队,长征是播种机。

[2] 记得绿萝裙，处处怜芳草。例 [1] 中喻体属不同类，可称"博喻"，例 [2] 中喻体与本体之间的关系需要通过反复联想才能获得隐喻意义，称为"曲喻"。多个喻体同属一类，称为"类喻"，一般用"既是……，又是……"一类的连接词语。多个喻体可能构成对比或比较，称为"对喻"。如，"Love is a rose war."

8. 复杂隐喻。在一个语句中可能用上数个本体、喻体，可称为"连喻"。本体和喻体之间可能存在各种关系：（1）联合式。如，"水库和运河像闪亮的镜子和一条衣带一样缀满山谷和原野"。（2）回旋式。如，"雪是古人人似雪，虽可爱，有人嫌"（苏轼语）。（3）顶真式。如，"我愿意是树，如果你是树上的花／我愿意是花，如果你是露水／我愿意是露水，如果你是阳光……／这样我们就能够结合在一起"（裴多菲《我愿意是树》）。（4）包孕式。如，"你是革命的万能机床上的一颗永不生锈的螺丝钉"，隐喻中包含着隐喻。（5）分叉式。如，"扯动一根毒藤，牵出一串毒瓜"，在前面比喻的基础上派生出后面的隐喻，称为"派生隐喻"。（6）分析式。举出一个具体的事物进行仔细分析，来喻说其复杂性。

基于对隐喻的不同理解，隐喻有不同的运行机制。隐喻发挥了什么作用？这种作用的必要性何在？它是如何发挥这种作用的？对这些问题的解答大致有四种。其一，修辞论——认为隐喻的基本功能是语言修辞，修辞的基本方式是替换和比较，并不派生新意义，也不具有认知的可能性。其二，情感论——认为隐喻的基本功能是激发情感，情感的存在以意义的丧失为前提，意义的获取以牺牲情感为代价。其三，语义论——认为隐喻是人类认识世界不可或缺的工具，隐喻有情感意义和认知意义，其意义不是被主体任意赋予的，而是通过各个部分的组合被创造出来的。其四，语用论——认为隐喻是沟通人类与客观世界的桥梁，隐喻借助于语境、主体意图等超语言性因素创造出意义。[①]

以钱锺书的《围城》为例。这部小说在幽默风趣中让人体悟人生，为此使用了几百个隐喻，它们发挥着不同的作用。其一，揭示小说的主旨。在"围城"这个核心隐喻下，有"笼子""城堡""门""进口""深宫大厦"等次一级隐喻，主人公方鸿渐的工作、婚姻乃至整个人生经历都围绕"围城"这一患得患失的主旨展开。其二，刻画人物形象。如，用"四喜丸子"来描述圆润油腻、不中不洋、滑稽可笑的新派诗人曹元朗；用"熟食铺子""局部真理"来描述实在肉感、衣着暴露、精神空虚的鲍小姐，这些隐喻给读者留下了极其深刻的印象。其三，渲染环境。如，小说开

---

① 参见季广茂：《隐喻视野中的诗性传统》，高等教育出版社 1998 年版，第 20—52 页。

篇写道："红海早过了，船在印度洋面上开驶着，但是太阳依然不饶人地迟落早起，侵占去大部分的夜。夜仿佛纸浸了油，变成半透明体；它给太阳拥抱住了，分不出身来，也许是给太阳陶醉了。所以夕照晚霞隐褪后的夜色也带着酡红。"这段文字画面感极强，描绘出了船在印度洋上航行，漫漫长夜如同"浸了油的纸"，空中的太阳则仿佛被包裹而不得见，让人想到茫茫印度洋的景象。其四，讽刺针砭时事。如，"只有国文是国货土产，还需要外国招牌，方可维持地位，正好像中国官吏、商人在本国剥削来的钱要换外汇，才能保持国币的原来价值。"这里，以"国货土产""外国招牌"辛辣地讽刺了当时国人崇洋媚外的心态，令人不禁莞尔。

总之，隐喻并非单纯的语言现象和文体现象，而是外延广阔、内涵丰富的文化现象。隐喻可以修饰语言，可以激发情感，可以创造意义，可以理解世界，具有认知性、创造性、独特性、暗示性。

研讨专题

1. 我们没有隐喻就真的无法生存吗？

2. 在不同语言文化背景下，中西隐喻理论有何相似和不同之处？

3. 试析舒婷《祖国啊，我亲爱的祖国》中的隐喻。

4. 抽象推理是否具有隐喻性？试以《管锥编》为例谈谈

隐喻之于述学文体建构的意义。

拓展研读

1. 保罗·利科：《活的隐喻》，汪堂家译，上海译文出版社 2004 年版。

2. 乔治·莱考夫、马克·约翰逊：《我们赖以生存的隐喻》，何文忠译，浙江大学出版社 2015 年版。

3. 埃里克·查尔斯·斯坦哈特：《隐喻的逻辑：可能世界之可类比部分》，兰忠平译，商务印书馆 2019 年版。

4. 于宁：《当代隐喻理论：基于汉语的视角》，孙毅译，商务印书馆 2023 年版。

5. 束定芳：《隐喻学研究》，上海外语教育出版社 2000 年版。

6. 胡壮麟：《认知隐喻学》，北京大学出版社 2004 年版。

7. 张沛：《隐喻的生命》，北京大学出版社 2004 年版。

8. 王寅：《认知语言学》，上海外语教育出版社 2007 年版。

9. 郭振伟：《钱锺书隐喻理论研究》，中国社会科学出版社 2014 年版。

10. 朱全国、肖艳丽：《诗学隐喻理论及其文学实践》，中国社会科学出版社 2014 年版。

11. 王寅：《语言哲学研究——21 世纪中国后语言哲学沉

思录》（上下册），北京大学出版社 2014 年版。

12. 束定芳、史李梅选编:《隐喻研究》，上海外语教育出版社 2020 年版。

第六章
/Chapter 6/

书写

　　"书写是美学和艺术学研究领域中非常重要的关键词。从发生学的角度来看，书写既是人的身体及其行为的结果，延伸了人的视觉、触觉及动觉等诸多感官，标识着人脱离原始蒙昧状态进入文明社会，又是意义得以发生的重要媒介，是人的知识、思想、观念、意识和心理等活动得以外化的重要手段，记录着人类文明发展的历史进程。"① 思想、理论的创造亦即述学文体的创造，是一个非常重要的"书写"过程。作为未来述学文体之"预流"，"毕达哥拉斯文体"有其观察世界的特定角度，有其框定世界的特定方式，有其相应的"书写"策略和文体特征。

---

① 　王琦:《当代西方书写思想之环视——以让-吕克·南希的研究为中心》，"序言"，浙江工商大学出版社 2023 年版，第 1 页。

第一节 ●
语言的滥用与超越 ●

　　人之生命境界是依次递升的，学术之境与生命之境同
一。每个人的"才""命""力"不一，其所进益亦有所至
而止，其为文之精神层级亦自有其极限——或本能性表现身
体欲望，处于无识无知的混沌状态；或满足于个体功利需
求，以博取功名利禄为指归；或凝合为一道德主体，遵循特
定社会标准、典范，满足于政教人伦驯化；或"上下与天地
同流"，"参天地，赞化育"，臻于"自如"的"至乐"之境。

　　在一次美学讲演中，著名文艺理论家童庆炳谈到做学问
的兴趣，他概括出了四种境界：第一境，看出门道所引起的
兴趣；第二境，欲罢不能所引起的兴趣；第三境，获得成果
所引起的兴趣；第四境，释放生命活力所感受到的幸福。当
然，第四境是最为理想的状态。童庆炳说："做出学问来，
就会激发生命的活力。在做学问中生命的器官不但没有生
锈，而且越来越敏锐。不但有学问的欲望，还引起人的感性
与理性的一切力量的活跃。这样，人也就能期待生生不息，
与天地相参，与万物合一……春意盎然的温暖的人生是每一

个人的期待。"①

　　环视国内学界，有几人达到了这种生命状态呢？坦率地说，真正能不断向上攀援、辟以蹊径、导夫先路的学者是不多的，实利成癖、虚荣入骨、自欺欺人的倒是不少。心智的坏朽与文章的邋遢不堪是同步的，"语言的粗糙就是内容的粗糙"（汪曾祺语）。一旦学术成了夤缘求进、牟取实利的阶梯，这样的论著怎么可能激发出生命的活力呢？它们大多是与历史或现实无关的语言游戏，只是好像在追求真理而已；它们熟练地操弄概念、命题、逻辑归纳、演绎程式，实际上形成了一股钳制人的心灵、心智的力量。埃兹拉·庞德的针砭振聋发聩："一个逐渐习惯于马马虎虎地写作的民族，是一个对它的王国和它本身逐渐失去掌握的民族。""如果一个民族的文学堕落下去，这个民族就会退化和腐败。"②

　　学者金生鈜一语中的："一支唯利是图的笔下产生不出任何刚劲伟大的作品，写得多不代表写得好。只写良知与实在召唤自己去写的文字，这是研究者作为求真者寻求表达的方式。体会学术的庄严和高远，体会学术和人格的相合与砥砺，把自己的学术研究贯穿到心灵之中，从中可以看出灵魂

---

① 童庆炳：《又见远山　又见远山——童庆炳散文集》，高等教育出版社 2016 年版，第 149 页。
② 埃兹拉·庞德：《阅读 ABC》，陈东飚译，译林出版社 2014 年版，第 20 页、第 18 页。

的指向，这样的学术研究就是有血有肉的，就是有灵魂的。"[1]以学术为志业者，首先必须从现代社会泛滥成灾的语言洪水，以及被这洪水所裹挟的价值判断、集体癔症、精神控制中抽身、超拔而出。

要真正克服语言的滥用与腐败，更为关键的是，我们还必须完成从语言工具论到语言存在论的转化，立足于语言主体性，从世界存在的角度看待一切。经过 20 世纪人文学科"语言的转向"（Linguistic Turn）之洗礼，西方文艺理论家的语言观基本完成了由工具论到存在论的转化，他们大都兼擅文艺理论与语言学，普遍强调"语言不仅仅是'自然之镜'，我们的所有认识及关于实在的语言表现都带有它们由之形成的语言中介的印迹"[2]。中国的文艺理论家则极少能兼擅文艺理论与语言学，文学研究与语言学研究早就分道扬镳、相互隔绝，语言一直没有被充分地主题化、对象化，更没被视为最主要的问题加以集中思考。

我们的不少文艺理论家的语言观念仍然停留在语言工具论的层面，即将语言理解为表达某个观点、思想的工具或载体。实际上，"述学"绝非先有了某个思想观点，再用语言文字加以表达。思想与语言往往同步生成，彼此相互刺激、

---

① 金生鈜：《教育研究的逻辑》，教育科学出版社 2015 年版，第 272 页。
② F.R. 安克斯密特：《历史表现》，周建漳译，北京大学出版社 2011 年版，第66 页。

相互接替、相互依赖。也就是说，语言不仅仅是思想交流或互通信息的工具，语言本身就是思想，就是行为。因此，"汉语的'道'字是说话，又是道理，又是道路。道和逻各斯一样，兼有语言、思想、行为三义，是言、思、行，也是闻、思、修"[①]。人们怎么看世界，其答案蕴藏在语言的幽深之处：你使用什么语言，就以什么方式存在；你是这么认识的，你才会这么言说；你如何言说，就如何生活。理论的书写是一种发现自我和世界的方式，我们在其中体验着运用中的语言，同时体验着语言所"显示"的存在的世界，并被导引到更高的精神世界。傅伟勋在《铃木大拙二三事》一文里写道："铃木文笔最独特的一点，是在他那禅学的现代化表述底层有他深刻无比的禅悟体验，无形中流通到读者的内心，而使读者能在字里行间涵咏体会言外禅意。"[②]从这种意义上说，学者之述学与作家之创作是血脉相通的，同属于个性化、创造性的事业。

著名文艺理论家童庆炳很早就提醒人们："文体作为文学形式问题决不是小问题。"他指出："文体是指一定的话语秩序所形成的文本体式，它折射出作家、批评家独特的精神结构、体验方式、思维方式和其他社会历史、文化精神。……

---

① 金克木：《传统思想文献寻根》，《怎样读汉译佛典》，生活·读书·新知三联书店 2017 年版，第 295 页。

② 傅伟勋：《生命的学问》，商戈令选编，浙江人民出版社 1996 年版，第 163 页。

从表层看，文体是作品的语言秩序、语言体式，从里层看，文体负载着社会的文化精神和作家、批评家的个体的人格内涵。"①囿于传统的语言工具论，不少学者根本就没有意识到：文体的基础是语言，我们创造着语言；一篇论文可以写成一篇美文，一部理论著作可以写成一部自己的作品，形成与学术思想相匹配的述学文体风格。施太格缪勒一语中的："只有在思想及生命之长河中，语句才有意义。""我们应该努力取得由多种多样情境构成的最广阔图像，我们就是在这些情境中使用我们关心其意义的表达式。"②

埃米尔·本维尼斯特是索绪尔的再传弟子，是20世纪最为杰出的法国语言学家之一。其《普通语言学问题》里的每一篇都是对言语活动这一重大问题的探究，此书甫一出版就被译成英文、意大利文和西班牙文，影响极其深远。本维尼斯特明确反对"语言是交流的工具"一说。在他看来，将语言比拟为一种工具，就是将人与自然相对立，而语言是人类的自然本性，它教会了我们如何定义人本身。本维尼斯特指出："人在语言中并且通过语言自立为主体。因为，实际上，唯有语言在其作为存在的现实中，奠定了'自我'的概念。""言说的'自我'即存在的'自我'"，这一相当于

①　童庆炳：《文体与文体的创造》，云南人民出版社1994年版，第1页、第7页。
②　施太格缪勒：《当代哲学主流》上卷，王炳文、燕宏远、张金言等译，商务印书馆1986年版，第595页。

"我言故我在"的论断，体现了语言主体性的根本："语言使主体性成为可能，因为它总含有适合主体性表达的语言形式，而话语则引发主体性的显现。"[①] 可以说，正是由于语言主体性的确立，本维尼斯特的写作成了在"语言之中"的写作，"我言故我在"，这才有了罗兰·巴尔特所激赏的述学文体风格。

1974 年，罗兰·巴尔特在《我为什么喜爱本维尼斯特》一文里写道："我确信，一个学者的天赋（不是上天赐予他的东西，而是他赐予我们的东西），在于这样一种力量：这力量不仅来自于他的学识与严谨，也来自于他的文字，或者用一个我们现在已然了解其极端用法的词来说，来自于他的陈述方式。……他整个人身上都凝聚着准确——便魅力四射、出神入化，而承载这样一个词的那个语句的适度、紧凑和严密（宛如细木工的绝艺），见证着这位学者在遣词造句时所享受到的乐趣。本维尼斯特的文字如此这般达到了豪放与简约的微妙融合，从中油然而生的，是文章，亦是音乐。……在本维尼斯特的作品中听得到里希特（Richter）的音乐。"[②]

筑基于语言存在论，人－语言－世界之间对象性、工

---

① 参见埃米尔·本维尼斯特：《普通语言学问题》（选译本），王东亮等译，生活·读书·新知三联书店 2008 年版，第 293 页、第 297 页。
② 罗兰·巴尔特：《我为什么喜爱本维尼斯特——代中文版序言》，埃米尔·本维尼斯特：《普通语言学问题》（选译本），王东亮等译，生活·读书·新知三联书店 2008 年版，第 3—4 页。

具性的关系被破除了，它们之间的同一性关系赋予了语言极度的精确和透辟。这种同一性关系只能发生在"语言之中"，而不可能发生在"语言之外"。在20世纪文学史和学术史中，胡适、鲁迅对中国现代语言道路有着不同的规划与实践，他们起过并还在起着不可替代的典范作用。"胡适之体"是典型的"语言之外"的写作，其语言清楚、明白、爽快、利索，理念、观点先于语言，语言隶属于逻辑，讲究逻辑的整一性；由于"理在言外"，"道理""逻各斯"先于、外在于语言，其文章没必要从第一个字读到最后一个字，读者只需要抓住逻辑预设的立论。"鲁迅风"是典型的"语言之中"的写作，其语言与思想相互建构，是本身有所诉说的存在，熔议论、沉思、刻画、虚拟、感觉、想象、激情等于一炉；由于"理在言内"，"道理""逻各斯"寓于语言之中，语言形式很难从内容本体上剥离出来，能让人和自己一起思想、探索。① 比较而言，鲁迅的语言道路更为切近中国的"文化语言"，胡绳就称赞鲁迅的文章"没有空洞抽象的话，没有学究的卖弄，没有陈腐的八股，这是真正中国化的文体"②。然而，大多数人走上了"胡适之体"所指示的语言道路，被抛入其所开辟的语言世界，真正与鲁迅同道者并不多——大

① 参见郜元宝：《汉语别史：中国新文学的语言问题》（增订本），复旦大学出版社2018年版，第123—145页。
② 胡绳：《学习鲁迅的文体》，《夜读散记：一本晚出了五十年的书》，中国社会科学出版社1996年版，第72页。

概只有周作人、冯雪峰、胡风、徐懋庸、唐弢、沈从文、汪曾祺等人。

"语言之中"的写作有着高度的及物性，更能表达真理本身的复杂性，其所揭示的是牟宗三讲的"内容真理"（Intensional Truth）而不是"外延真理"（Extensional Truth）。"内容真理"是一种有强度的真理、具体的真理，它不能脱离主观态度，不能脱离主体性，而是按照不同的强度，在不同的境况中富有弹性地呈现，并非一成永成，一现永现。[①]"外延真理"，则是一种广度的真理、抽象的真理，"不系属于主体而可以客观地肯断"，一成永成，一现永现（如数学真理、自然科学的真理）。[②]

就人文社会科学研究而言，"内容真理"是一种非逻辑、非分析的启示性真理，而"外延真理"则是一种逻辑、分析的实证性真理。钱锺书指出："文学如天童舍利，五色无定，随人见性。"[③]或如苏珊·桑塔格所言，"艺术作品是一种展现、记录或者见证，它赋予意识以可感的形式；它的目的是使某物独一无二地呈现"[④]；而艺术作品的研究和评论则是"显示它如何是这样，甚至是它本来就是这样，而不是显

①　参见牟宗三：《中国哲学十九讲》，上海古籍出版社 1997 年版，第 28—38 页。
②　参见牟宗三：《中国哲学十九讲》，上海古籍出版社 1997 年版，第 20 页。
③　钱锺书：《人生边上的边上·中国文学小史序论》，《写在人生边上　人生边上的边上　石语》，生活·读书·新知三联书店 2007 年版，第 28 页。
④　苏珊·桑塔格：《反对阐释》，程巍译，上海译文出版社 2011 年版，第 31 页。

示它意味着什么"①。也就是说，文学艺术所蕴含的多半是感性的启示性真理，其意味无穷，难以考证、实证甚至是论证。与之相应，文学艺术的研究与批评应从特殊到一般，即从审美感觉出发，从特殊出发，在"语言之中"逐一展开、呈现。

国内不少学者的论著往往千人一面，千篇一律，宛若一人化身千万；这些论著或抽象晦涩、佶屈聱牙、空洞苍白，或言不及物、思想肤浅、粗糙虚矫。为什么会这样呢？因为它们基本都是从普遍原则到特殊对象，即先确认普遍的、一般的原则，再按照某种一般原理和某种程式进行推导，去解析、开掘研究对象的内涵。这种述学方式是冰冷、僵硬的代码、符号、语言的滥用，这种"语言之外"的写作极易同质化，造成语言的"空转"，成为不触及自身的"学问"的堆砌或摆设。有什么样的语言，就有什么样的思想；有什么样的思想，就有什么样的语言。语言坏朽了，思想亦愚不可及，反之亦然。难道不是这样吗？

---

① 苏珊·桑塔格：《反对阐释》，程巍译，上海译文出版社 2011 年版，第 15 页。

第二节 •
思想的自由与创造 •

　　鲍里斯·托马舍夫斯基在《艺术语与实用语》里指出：
"注意表达自身，更能活跃我们的思想，并迫使思想去思考
所听到的东西。反之，那些司空见惯的、呆板的话语形式，
仿佛在麻痹着我们的注意力，无法唤起我们的任何想象。"①
维特根斯坦则更为尖锐地指出，只要我们的语言没有真正革
新，语言先在的给定性就会迫使我们的思想在既定的路线上
活动，根据我们所掌握的技巧自动转向，进入某一个"思想
共同体"，被同样的"哲学问题"给绊倒，而丧失了任何进
步的可能性。② 从语言工具论转到语言存在论，不单是为了
建构一种崭新的述学文体，更重要的是提出"古人之所未及
就，后世之所不可无"（顾炎武语）的思想、理论之创见。

　　1884 年暮春的一个黄昏，25 岁的柏格森散步走到克勒
蒙菲城郊。这是法兰西腹地的高原地带，漫山遍野生长着各

---

① 维克托·什克洛夫斯基等：《俄国形式主义文论选》，方珊等译，生活·读书·新
　知三联书店 1989 年版，第 84 页。
② 参见路德维希·维特根斯坦：《文化和价值：维特根斯坦笔记》（修订本），许志
　强译，浙江大学出版社 2020 年版，第 33—34 页。

种高大的树木。晚霞在万里长空向东边铺洒开来，远处卢瓦尔河的支流潺潺流动。柏格森站在高处，目睹河水奔流、树木摇曳、晚霞飘逝，突然对时光之流产生了一个非常震惊的感觉。

在与尘世隔绝的静谧的冥思苦想中，意识之流携带着一切感觉、经验，连续不断地奔涌；在那些棱角分明的结晶体内部，也就是那些凝固的知觉表面的内面，也有一股连续不断的流："只有当我通过了它们并且回顾其痕迹时，才能说它们构成了多样的状态。当我体验到它们时，它们的组织是如此坚实，它们具有的共同生命力是如此旺盛，以至我不能说它们之中某一种状态终于何处，另一种状态始于何处。其实，它们之中没有哪一种有开始或终结，它们全都彼此伸延。"①

时间无边无际、缄默不语、永不静止，它匆匆流逝、奔腾而去、迅疾宁静，宛若那包容一切的大海的潮汐，而我们和整个世界则如同飘忽其上的薄雾。时间之流的感觉驱动柏格森在克勒蒙菲任教期间，潜心思考时间问题，发展了一套以"绵延"为核心的庞大的生命哲学，创造性地把生命冲动与创造进化融为一体，描绘了一幅与自然科学不同的宇宙进化图景。

---

① 柏格森：《形而上学导言》，刘放桐译，商务印书馆1963年版，第5页。

柏格森认为:"自由是具体自我对于它所做动作的一种关系。……这种关系是难以确切表达的。因为我们能分析一种事物,却不能分析一种过程;我们能把广度分裂,却不能把绵延分裂。"[①] 柏格森抛弃了传统唯理论哲学那种概念的、抽象的、体系化的方法,因为它把连绵、流动的实在分裂成彼此外在的部分,以一种人为制造的复制品、一堆毫无生气的碎片代替了实在。在柏格森看来,对于连绵、流动的实在的认识,是无法通过思想的复杂建构而达到的,唯有通过直觉和交感的顿悟才能予以把握。

柏格森说:"绝对的东西只能在直觉中获得,而其他任何东西则属于分析的范围。所谓直觉,就是一种理智的交融,这种交融使人们自己置身于对象之内,以便与其中独特的、从而是无法表达的东西相符合。"[②] 在《创造进化论》的"引论"里,柏格森指出,我们思维的纯粹逻辑形式——如统一性、多样性、机械的因果性、智慧的目的性等等——并不符合有生命的事物的特征,既不能阐明生命的真正本质,也不能阐明进化运动的深刻意义。不过,"认识理论和生命理论在我们看来是不可分割的",一种生命理论必须伴以对认识的批判,一种认识理论必须把智慧重新放到生命的一般

---

① 亨利·柏格森:《时间与自由意志》,冯怀信译,北京时代华文书局 2018 年版,第 178 页。
② 柏格森:《形而上学导言》,刘放桐译,商务印书馆 1963 年版,第 3—4 页。

进化中。我们"必须结合认识理论和生命理论这两种研究，必须通过一种循环过程使其不断地相互推动"[1]。

显然，柏格森的直觉既非感觉，也非灵感，更不是一种模糊的感应，而是认识理论与生命理论交融的"理智直觉"。根据德勒兹的研究，这种理智的交融是"一种精心设计的方法，甚至是精心设计的哲学方法之一"，"它本质上是一种提问的方法（对假问题的批评和对真问题的发现）、区分的方法（分开和交叉）、与时间有关的方法（依据绵延进行思考）"[2]。因此，柏格森的直觉与其说是一种"诠解"，还不如说是一种"遮诠"，即一种间接的、导引性的（包括文学的、艺术的）方法；它不仅导向哲学（构造的、表达的）技术上的进步，更重要的是将人带入绝对的境界，解放人的思想，焕发人的创造力，达到自由。如法国生物学家雅克·莫诺所言，柏格森"借助于他动人的文风和缺乏逻辑但未始没有诗意的隐喻式的辩证法，使他的哲学获得了极大成功"[3]。1927 年，为表彰其"丰富而生机勃勃的思想及其卓越的表现技巧"，瑞典皇家学院授予柏格森诺贝尔文学奖，授奖词中写道：

---

[1] 参见亨利·柏格森：《创造进化论》，"引论"，姜志辉译，商务印书馆 2004 年版，第 5 页。

[2] 吉尔·德勒兹：《康德与柏格森解读》，张宇凌、关群德译，社会科学文献出版社 2002 年版，第 123 页。

[3] 雅克·莫诺：《偶然性和必然性：略论现代生物学的自然哲学》，上海外国自然科学哲学著作编译组译，上海人民出版社 1977 年版，第 18 页。

柏格森已经为我们完成了一项重要的任务：他独自勇敢地穿过唯理主义的泥沼，开辟出了一条通道；由此通道，他打开了意识内在的大门，解放了功效无比的创造的推动力。从这一大门可以走向"活时间"的海洋，进入某种新的氛围。在这种氛围中，人类精神可以重新发现自己的自主性，并看到自己的再生。①

受到柏格森哲学的影响，冯友兰认为，中国哲学家对于"真际"大多是"悟入"而非"思入"。在构建新理学的哲学体系时，冯友兰提出，一个完全的形上学系统，应始于"正的方法"（"逻辑分析的方法"或"形式主义的方法"），而终于"负的方法"（直觉主义即感悟的方法）。如果不始于"正的方法"，就缺少作为哲学的实质的清晰思想；如果不终于"负的方法"，就不能达到哲学的最后顶点。② 显然，冯友兰没有真正理解柏格森。柏格森很明确地说过："谁都可以由直觉而通达分析，但是却不可能由分析而通达直觉。"③依据柏格森之理路，应始于"负的方法"，而终于"正的方法"，因为形而上学是不能离开其他科学的一种"心灵的工

---

① 柏格森：《生命与记忆——柏格森书信选》，陈圣生译，经济日报出版社 2012 年版，第 204 页。
② 冯友兰：《三松堂全集》第六卷，河南人民出版社 2000 年版，第 288 页。
③ 柏格森：《形而上学导言》，刘放桐译，商务印书馆 1963 年版，第 22 页。

作"。柏格森说："如果我们从为直觉所把握的对象出发，那在许多情况下就可以容易地通向两个相反的概念，而且在这种方式下，正题和反题可以看作出自实在，我们可以一下把握到二者是怎样对立的和二者是怎样得到调和的。"①

尼采痴迷于"格言中的体系"，维特根斯坦倡导"哲学应当作诗来写"，后期海德格尔在诗－思合一中"进入语言的说中"，布朗肖主张"语言是语言的作品"。他们抗拒体系化，强调"与文字共舞"，凸显自由流动的思想力量——这些与柏格森的思想方法有异曲同工之妙。受到这些原创性思想家以及西方"论说文"（Essay）思想文体传统的启示，笔者提出：

未来的述学文体必须使语言保持有效，它充分发挥汉语之人文特性的优势，将隐喻思维与逻辑思维彼此融通，以更细致、深入地呈现人类复杂的心灵世界；

未来的述学文体必须是语言世界的拓荒者，它不断突破既有规范，寻求别样的言说方式，凸显各种保留与限制的认知，将其话语作为世界，为世界而开辟世界；

未来的述学文体必须确立一个更高的历史整体性思维框架，建立与当代生活、文学实践的内在勾连，细描出与语言问题周旋时当代中国人所特有的生存体验；

---

① 柏格森：《形而上学导言》，刘放桐译，商务印书馆 1963 年版，第 18 页。

未来的述学文体必须把"理论"变成"写作"，激活语言之"物性"，将语言视为理性与启示之母，语言本身即心智存在，赋予思想强大的穿透力与生命力；

未来的述学文体必须正视事物的差异性、偶然性与复杂性，弃绝那种直线式、封闭式的逻辑证明体系，在断片式、开放式的圆形结构之中，让一切如其所是；

未来的述学文体必须重铸生命的理解力与思想的解释力，重塑一个既有个人内在经验，又致力于理解人类精神的人，从易逝的事物中捕捉、体会永恒之事物；

未来的述学文体必须返回内在的明镜灵台，书写心灵世界的隐秘对谈，倾听亿兆生灵、灾异世界之海潮音，在杂多统一的和谐中，动态呈现个人创见与风格。

毕达哥拉斯学派有言，"和谐"起于差异的"对立"，是"杂多的统一"、不协调因素的协调；毕达哥拉斯学派又言，平面之中"圆形"最美，立体之中"球形"最美。未来的述学文体不时深情回望传统，打通人文各个学科，参互各种研究法，由一个个"断片"发展而为一无始无终、无穷无极的整体，最终抵达学贯中西、会通古今之"学境"——故可名之曰"毕达哥拉斯文体"。

"毕达哥拉斯文体"的内在机制是从以往的"论证"转向"证悟"。所谓"证悟"，就是始于"负的方法"（中国传统哲学的体认、悟证），终于"正的方法"（西方传统哲学的逻辑、论证），即先有感悟、体认、悟证所得，再以分析、逻辑、论证的方法发展、完善之。①

职是之故，"毕达哥拉斯文体"首先是一种"断片"式的写作，以灵动的"断片"剪断封闭的"逻辑之线"。"断片"写作运用的是"负的方法"，即直觉主义的方法，它主要来源于中国传统哲学。这不是彻底否定理性的反逻辑，而是力图用逻辑以外的因素弥补其缺陷与不足，这些因素包括混沌与无知，偶然与奇迹，感性与感悟，直觉与想象，激情与诗性……"断片"凭借隐喻思维而自出心裁，类似于钱锺书所谓"具体的鉴赏与评判"，它切断线性的逻辑铺展、抽象论证，具有相对的自足性与完整性，又蕴含多种冲突与矛盾，呈现一种理论探索的未完成状态。它们和逻辑之间不是靠削弱对方而存在，而是相互发明，相互增强，相互激活，帮助我们劈开包裹灵魂的厚茧，心蕴优雅，瞬绽光华。"断片"具有某种价值集聚性，是"转识成智"后"以识为主"之"悟证"，即"感性认识→理性认识→感情深入"之后的"本质直观"。②"断片"式写作让我们重返人与世界一体的"知觉世界"，成为存在的倾听者、领受者和传达者；与此同时，激活语言特有的"物性"，将语言视为理性与启示之母——

① 参见吴子林：《"走出语言"：从"论证"到"证悟"——创构"毕达哥拉斯文体"的内在机制》，《清华大学学报（哲学社会科学版）》2018年第5期。
② 参见吴子林：《"回到莫扎特"——"毕达哥拉斯文体"之特质与旨趣》，《上海大学学报（社会科学版）》2020年第4期。

语言本身即心智存在，进而通过具体的美学观照蓬勃其抽象理念，提出"生产性"（Productive）理论，赋予思想强大的穿透力与生命力。

思想的生成总是与语言相随，语言的运行是不断"连缀"的过程。刘勰云："因字而生句，积句而成章，积章而成篇。"（《文心雕龙·章句》）[①]曾国藩亦云："文与文相生而为字，字与字相续而成句，句与句相续而成篇。"（《致刘孟容》）[②]"断片"式写作是创构"毕达哥拉斯文体"的第一步，诸多"断片"只是"思想的颗粒"，它们"以美启真"，有待理性思辨的论证予以发展、完善。因此，"悟证"之后是"证悟"，即针对某一具体的理论问题，环绕某一个方向或统一性中心聚集，借助概念思索、理性辨析、逻辑论证来发展这些"悟证"所得，其文体形式便是这些"碎金"状态的"断片"之"连缀"。

刘熙载《艺概·文概》云："有道理之家，有义理之家，有事理之家，有情理之家……文之本领，只此四者尽之。"[③]作为"明理"之文，"毕达哥拉斯文体"亦然。思想与语言是同一的，如钱锺书所言，"维果言思想之伦次当依随事物之伦次……心之同然，本乎理之当然，而理之当然，本乎物

---

① 刘勰：《文心雕龙注》，范文澜注，人民文学出版社 1958 年版，第 570 页。
② 李瀚章编撰：《曾文正公全集》（五），李鸿章校刊，中国书店 2011 年版，第 20 页。
③ 刘熙载：《艺概》，叶子卿点校，浙江人民美术出版社 2017 年版，第 3 页。

之必然，亦即合乎物之本然也"①。"断片"之间的"连缀"是"两两相关""两两相连""两两相接"的"连贯"过程，其间有语脉、情脉、意脉和理脉，最终合成一个多层级的符号系统。

比较而言，"断片"的"连缀"潜在地更多运用的是"正的方法"，即逻辑分析方法，它主要来源于西方现代哲学，是建构形而上学体系的方法之一。其所完成的"连贯"，是弹性的"规范"（Norm）而非刚性的"规则"（Rule），它通过语言形式开显出来，但不由语言形式所决定，既是谋篇布局的操作模式（如"起承转合"等），又是浑然天成的致思方式。"断片"之间的贯通，既可在语言形式之内，又可在语言形式之外，其中关涉知识、纯粹经验、理性、交往理性、他心感知、意向立场等。

"毕达哥拉斯文体"的创构始于"负的方法"，终于"正的方法"，可谓隐喻思维与演绎思维的协同，它融通中国的"隐喻型"与西方的"演绎型"两种述学文体，点化出中西两种智慧的内在生命。"毕达哥拉斯文体"的"连缀"，让人想起阿多诺所言："正确书写的文本就像蜘蛛网络：紧密、同心、透明、纺成细丝、牢固。……主题向它们飞来。一个概念的正确性可以通过它是否使一个引语召唤出另一个引语

---

① 钱锺书：《管锥编》第一册，中华书局 1986 年版，第 50 页。

来判断。当思想打开了现实的一个细胞时，它无需主体的暴力就能穿透下一个细胞。当其他物体在它周围结晶化时，它就证明了它与这些物之间的关系。它把光投射到它所捉住的东西上，让这些东西开始发亮。"① 这种思想、理论的书写并非把某种事先构想的念头放进一种对象化的话语中，而是写出即刻想到的东西或尚未知晓的东西；文字始终处于生成状态，唯一的、绝对的、无可替换的感受渐渐醒来，生长出不可复制的秩序、逻辑和意义。由此，"毕达哥拉斯文体"力图实现思想的自由与创造。

---

① 阿多诺：《最低限度的道德——对受损生活的反思》，丛子钰译，上海人民出版社2020年版，第 91 页。

第三节
汉语的精神与赓续

　　美国著名语言学家萨丕尔指出，"语言有一个底座"，蕴藏着一个民族的秘密，代表着一个民族所开辟的通往思想创造的路径，即特异的逻辑、思想和形而上学。"每一种语言本身都是一种集体的表达艺术。其中隐藏着一些审美因素——语音的、节奏的、象征的、形态的——是不能和任何别的语言全部共有的。"[①] 用林语堂的话说，"每一个民族都发展了一种最适合于本民族语言特性的写作系统"[②]。

　　法国著名的汉学家汪德迈（1928—2021）指出，中国与西方"形而上学"之间最大的差异在于对"逻格斯"（Logos）的认识。西方的 logos 指"说话"的"话"，中国的 logos 指"文"，即"书写"的"文字"。在中国，说话是一回事，书写是另一回事；中国人要了解世界，必须考虑怎样使用文字。西方的文化不是"文"的文化，而是说话的"话"的文

──────────

① 爱德华·萨丕尔：《语言论——言语研究导论》，陆卓元译，陆志韦校订，商务印书馆 2017 年版，第 191 页、第 206 页。
② 林语堂：《中国人》（全译本），郝志东、沈益洪译，学林出版社 1994 年版，第 219 页。

化。其中关键在于中西语言文化的根本差异。①

通过对殷墟文化的系统研究，汪德迈发现，迥异于西方拼音文字通过音节符号来记录语言，中国文化里最初出现的文字源于卜辞，中国表意文字是从占卜来的，其创造归于龟卜兆纹的外推法，它不是一种记录口语的工具。②汪德迈指出，占卜者所发明的这种非常形式化的文字体系，后来发展成为官方文书的工具。商朝武丁时代的龟卜专家（也是当时的史官）使用"六书"的方法形成词（字），便建构了精致的"文言"。概括地说，中国的"文"形成了这样的系谱：兽肩胛占卜→龟甲占卜→用钻凿甲骨法得到"卜"型兆纹→甲骨文→文言→数字卦→《易》卦。汪德迈认为，后来从"文言"中产生的书面语仍然保持着原有的汉字精神，即占卜性的精神，每个字都神秘地包含一种超越普通含义的神秘意义。③

汪德迈指出，中国占卜学有自己的一种逻辑，它表现为一种相关性系统思维，而不是因果关系性系统思维。由占卜学发展而来的中国思维有利于关联性思考，而非因果性思想。因此，"中国的'形而上学'的含义，不是超越现世，

---

① 参见汪德迈：《跨文化中国学》上册，中国大百科全书出版社 2020 年版，第 48—50 页。
② 参见汪德迈：《跨文化中国学》上册，中国大百科全书出版社 2020 年版，第 3 页。
③ 参见汪德迈：《跨文化中国学》上册，中国大百科全书出版社 2020 年版，第 10 页。

而是在现实世界之内找到联系并解决问题"。[1] 作为中国文化核心之一的"感之道"（张载），"关联思维"是一种有别于西方"逻辑思维"的"隐喻思维"。在中国古人看来，整个世界的现实是由关联关系而不是因果关系构成的，人与宇宙自然、人与万事万物相互感触、感应、沟通。这种"感应"还包括人的心理情绪的感动、审美创造的"兴发感动"、社会政治伦理的感化等等。对此，李约瑟、史华慈、郝大维、安乐哲等西方汉学家亦有颇多论述，他们称之为"关联思维"（Correlative Thinking）或"协调思维"（Coordinative Thinking）。天地万物同源共生，相互依存，相互感通，相互关联，相互协调，也就是所谓"天地万物之情"。这一体用不二的思想立足于人心、人情、人性，打破二元式的思维方式，而形成了"天人合一"的思想，这种生命共同体的观念对中国传统文化产生了极其深远的影响。

概言之，中国"文"的逻辑的重要性远大于西方"逻格斯"的逻辑，中国的传统文化全方位受到了"文"的影响。在中国文化传统中，一切学术都归于"文学"，所有"文学"都来自"经学"——"文"是中国思想的基础。[2] 因此，在中国人看来，"文化"即"人文化成"，人的生命存在既立足现

---

[1] 参见汪德迈：《跨文化中国学》上册，中国大百科全书出版社 2020 年版，第 50—51 页。

[2] 参见汪德迈：《跨文化中国学》上册，中国大百科全书出版社 2020 年版，第 71—74 页。

世人生，又朝向理想之境，最终成就一个活古化今、中西贯通的"文化心灵"。这正如陈寅恪所言："吾民族所承受文化之内容，为一种人文主义之教育，虽有贤者，势不能不以创造文学为旨归。"①

将"著述"当作"文章"来经营，这是中国古老的述学传统。章学诚的《文史通义·文德》有言："古人所言，皆兼本末，包内外，犹合道德文章而一之；未尝就文辞之中言其有才，有学，有识，又有文之德也。"②也就是说，在中国的文论传统里，形式即内容，内容即形式，没有形式与内容对立之说。无论哪种文体，都属于美文的范畴。钱锺书在中西比较中领悟道："我们所谓文章血脉或文章皮骨，跟西洋人所谓'文章乃思想之血'或'文章乃思想之皮肉'，全不相同。譬如我们说'学杜得其皮'，我们并非说杜甫诗的风格只是皮毛，杜甫忠君爱国的思想怀抱才是骨髓；我们是说杜甫诗的风格本身就分皮毛和骨髓，李空同学杜仅得其皮，陈后山学杜便得其髓。西洋人在皮毛或肉体的文章风格外，更立骨髓或精神的文章思想为标准"；"他们只注意到文章有体貌骨肉，不知道文章还有神韵气魄。他们所谓人不过是睡着或晕倒的人，不是有表情，有动作的活人……活人的

---

① 陈寅恪：《吾国学术之现状及清华之职责》，《金明馆丛稿二编》，生活·读书·新知三联书店 2009 年版，第 362 页。
② 章学诚：《文史通义校注》，叶瑛校注，中华书局 1994 年版，第 278 页。

美跟塑像的美有一大分别……活人的表情好比生命的沸水上面的花泡，而塑像的表情便仿佛水冻成冰，又板又冷。……我们把论文当作看人，便无须像西洋人把文章割裂成内容外表。我们论人论文所谓气息凡俗，神清韵淡，都是从风度或风格上看出来"。① 此外，如林语堂《吾国吾民》所言，"真理，据中国人的观念，是从不可以证定的，它只能暗示而已"，"（真理）只能被会心于忘言之境，……只能在直觉的悟性中"，"中国人写文章从来未有写一万或五千字以树立一个基点；他仅留下一短短标志让后人来赞许或反驳其真实的价值"，"中国著作家只给你一段或两段辩论，便下结论"。② 中国文学有自己的文化背景，有自己鲜明的民族特色，也有自己优秀的传统，而形成了自己特定的发展趋势，即传统的文化定势。章学诚、钱锺书、林语堂等人所言即迥异于西方的中国文章定势，中国的传统文脉隐伏其中。倘若我们完全抛弃自己的民族传统，以外来的东西取而代之，那么写出来的东西便或是"讹势所变"，或是"失体成怪"。

当代不少腹中空空的人文学者，早已遗忘了千百年来中国自己的述学／书写传统，反将西方重视逻辑论证的述学方式奉为圭臬，强调所谓的"总体相关性""逻辑关联性""历

---

① 钱锺书：《中国固有的文学批评的一个特点》，《钱锺书散文》，浙江文艺出版社1997年版，第401—402页。
② 林语堂：《吾国与吾民》，黄嘉德译，湖南文艺出版社2016年版，第74—75页。

史连贯性"，深陷于概念的迷宫、逻辑的旋涡，理论的述写日趋"同质化"，语言佶屈聱牙，辞章陈陈相因，文风枯燥乏味。学术研究被干枯的理性主义与科学主义所裹挟，沦落为一种机械僵化的文本游戏，生命的灵动感、文化的厚重感与担当感丧失殆尽。不仅如此，时至今日，"近代中国人也大多习惯从西方现代性的镜子中照出自己的一脸无奈，在这种观镜的对象化体验中，至少中国知识人已经被训练成各种西方现代理念的代言人"①。20世纪90年代，中国文艺理论研究界似乎陷入"失语"的焦虑之中。有学者指出，中国文论最为严重的现实问题不是"失语"而是"失体"，既丢失了古代文论批评文体的文学性传统，又丢失了古代文论批评文体的尊体意识、破体规律和原体思路。②"失体"让我们的文艺理论研究逐渐丧失了应有的温度与诗性，"生命的学问"随之销声匿迹。当下述学文体之"讹势"的痼疾不除，遑论学术思想的创造！

郭绍虞发现，汉语从字词到词组再到句子有一种同构关系。也就是说，汉语的词组和虚词一样在语句有着脉络作用，在词和句之间起灵活而多变的桥梁作用；汉语的构词法和造句法的结构形式基本一致，在汉语中可用构词法来造

---

① 杨念群：《杨念群自选集》，广西师范大学出版社2000年版，第67页。
② 参见李建中：《尊体·破体·原体——重开古代文论现代转换的理路和诗径》，《文艺研究》2009年第1期。

句，也可用造句法来构词；汉语中的"词、词组和句这三种的结构形式基本相同"，这是其他族语所不具备的，它"造成了汉语语法的灵活性，再进而造成汉语语法的复杂性，那么简易和复杂的矛盾现象，自会交相为用以促进汉语的发展的"①。郭绍虞指出："汉语是能够表达复杂思想的，在先秦时代的文辞就已达到了这样的高度，不过表达的方式和其他族语有所不同。汉语利用单音词与双音词的组合，灵活运用而成为音句，再利用这种整齐的音句，巧为安排以成为义句，所以能在表达复杂思想之外，再感到音节铿锵之美。"②语词相互组合成句，与音韵节奏同步，不仅可以产生相辅相成、动态发展的思想，充分表达复杂的思想与情感，还能使人同时体会到汉语音乐性的美感，以加深对于思想与情感的理解。"假使说汉语的音乐性是汉语语法结合修辞的表现，那么汉语的顺序性就是汉语语法结合逻辑的表现。"③

当代学者尚杰的中西语言、思想的比较研究进一步表明："汉字是'横向逻辑'性质的文字、横向的文字、无being的文字、非对象性质的文字。"这种从人的身体出发、浸透着心情的文字，把文章通盘地人化或生命化。比起西方"形式逻辑性质的文字、纵向的文字、垂直的文字、being的

---

① 参见郭绍虞：《汉语语法修辞新探》上册，商务印书馆1979年版，第4—16页。
② 郭绍虞：《汉语语法修辞新探》上册，商务印书馆1979年版，第260页。
③ 郭绍虞：《汉语语法修辞新探》上册，商务印书馆1979年版，第254页。

文字、对象性质的文字", 这种汉语书写距离我们更近、更真实得多。① 那种逻辑的、线性的方式并不能表现那些非线性的存在, 跟汉语这种以任意性为标志的自然语言格格不入。②

然而, 近现代以来, 在西方强势话语系统的影响之下, 滋生了一种"不真实"的"拼音文字化", 即呆板的形式逻辑语法化的"现代汉语"。这是"一种口语、欧化句法和古代典故的混合物"③, 它改变了汉语的天性, 破坏了汉语的"文化生态"或"文化风水", 是一种"异化"了的汉语。1980 年, 语言学家张世禄反思道:"汉语语法学的建立, 从开始到现在, 已经快要一个世纪了。在这八九十年中间, 研究、学习汉语语法的, 几乎全部抄袭西洋语法学的理论, 或者以西洋语言的语法体系做基础, 来建立汉语的语法体系。有时发现一些汉语语法的特点, 觉得为西洋语法学上所不能概括的, 就陆续加以增添补缀。越到后来, 发现的特点越多, 这种增添补缀的地方也越繁。所以越是新近发表的汉语语法学著作, 内中阐述的语法体系表面上好像较前更精密

---

① 参见尚杰:《中西: 语言与思想制度》, 北京大学出版社 2010 年版, 第 46 页、第 81 页。
② 参见尚杰:《中西: 语言与思想制度》, 北京大学出版社 2010 年版, 第 65 页。
③ 李欧梵语, 转引自费正清编:《剑桥中华民国史 (1912—1949)》上卷, 杨品泉等译, 中国社会科学出版社 1994 年版, 第 528 页。

了，实际上却是使学习的人越感到烦琐和难懂难记了。"①汉语研究是这样，哲学研究、文学研究也概莫能外。随着汉语本性的迷失，汉语写作失去了灵气乃至生命力，产生了一种"新文言"或"洋八股"，充斥其中的是西方式平面化、单线条、封闭式的推论长链，目之所及皆"概念的木乃伊"，以及味同嚼蜡、言不及物的逻辑语言，汉语的典雅与创造性丧失殆尽，汉语思想的原创力更是贫乏至极。

西方的概念体系是亚里士多德式的由逻辑关系构成的、从一般到具体的金字塔型概念系统，其优势在于清楚地表达事物间知识论的从属关系。它更多关注的是人的"心智"（Mind），更多考虑的是认识能力、思维形式和理性决定，主要表达了我们对于事物的思考能力，却很少表达我们对人的思考能力。比较而言，中国的概念体系则更多表达一种人与事物之间的价值论上的亲疏远近、轻重缓急的关系，更多关注的是人的"心事"（Heart），如需要、欲望、愿望、梦想、失望、激情、信任、猜疑、叛逆、同情、牺牲、忍受等，这些"心事"可能解释着行为和生活的本质，可能更能解释价值观、道德选择和宗教信仰。②

如果说"心智"为"物"立法，体现了一种"逻辑的可

---

① 张世禄：《关于汉语的语法体系问题》，《复旦学报（社会科学版）》1981 年第 S1 期。

② 参见赵汀阳：《哲学的中国表述》，赵汀阳主编：《论证 2》，广西师范大学出版社 2002 年版，第 102—103 页。

能性"，是"抽象的解悟""思辨的智慧"，属于"学问的生命"，那么"心事"则显示了"人"与"物"之间的互动，体现了一种"现实的可能性"，是"具体的解悟""存在的智慧"，属于"生命的学问"。

当代学者大多对此视而不见或浑然不觉，已然习惯于用尚未融入汉语血脉的外来词或借用词来写作，习惯于用西方那种逻辑思维、抽象演绎的方式来写作。他们从不认真对待自己的母语，不去关注汉语的简洁、得体、细致、深刻，不去追求言辞达意的中国式表达，而是在技术化的道路上越走越快，深陷于概念、逻辑的陷阱，灵动的精神生活不复存在，生命的学问不复存在。

著名作家汪曾祺指出："语言是一种文化现象。语言的后面都有文化。正如中国古代的文论家所说：凡无字处皆有字。文学语言的辐射范围不只是字典上所注释的那样。语言后面所潜伏的文化的深度，是语言优次的标准，同时也是检验一个作品民族化程度的标准，也是一个作品是否真正能够感染读者的重要契因。"①在写给语言学家朱德熙的一封信里，汪曾祺写道："读了赵书（赵元任的语言学专著——引者注），我又兴起过去多次有过的感想，那时候，那样的人，做学问，好像都很快乐，那么有生气，那么富于幽默感，怎么现

---

① 汪曾祺：《汪曾祺全集》第9卷，人民文学出版社2019年版，第425页。

在你们反倒没有了呢?"[1]

德国著名语言学家洪堡特说得好:"语言绝不是产品,而是一种活动。""我们不应把语言视为无生命的制成品,而是必须在很大程度上将语言看作一种创造。""语言并不是结果,而是一种积极作用的力量。"[2] 我们不能仅仅将语言视为一种表达手段,还应视为一种认知手段,一种"构成思想的官能",一种揭启未知真理的行为。

朱自清颇具远见卓识地提出:"将中国还给中国,一时代还给一时代。按这方向走,才能将我们的材料跟那外来意念打成一片,才能处处抓住要领;抓住要领以后,才值得详细探索起去。"[3] 叶秀山的切身体验是:要真正深入哲学,离不开自己的母语;只有用母语来思考问题,才能使自己的思想深入到哲学的层次。他说:"坚守自己的母语,同时努力将不同语言的哲学思考成果,消化过来,使之也成为自己的语言;丰富自己的母语,也就意味着丰富、扩大自己的'存在方式'。"[4]

语言存在论是"毕达哥拉斯文体"的哲学基础,"重写中文"是其题中之义。在中西语言、思想合璧的过程中,"毕

---

[1]　汪曾祺:《汪曾祺全集》第12卷,人民文学出版社2019年版,第59页。
[2]　转引自姚小平:《洪堡特——人文研究和语言研究》,外语教学与研究出版社1995年版,第121—123页。
[3]　朱乔森编:《朱自清全集》第三卷,江苏教育出版社1988年版,第25页。
[4]　叶秀山:《语言、存在与哲学家园》,《文史哲》1999年第2期。

达哥拉斯文体"不断"聚集"汉语的自性,"在汉语中出生入死",重新确立汉语以及汉语思想的主体性。

关于语言与主体精神的关系,章太炎早就有"文字者,语言之符。语言者,心思之帜"①的明识。无"心思"则无主体,不与"心思"往返相通的语言则非主体性的语言。梁遇春在译兰姆的《读书杂感》时,在一条注里写道:"理想的文体是种由思想内心生出来的,结果和思想成一整个,互为表里,像灵魂同躯壳一样地不能离开。……Lamb(兰姆)文章所以那么引人入胜,也在于他思想和文体有不可分的关系。"②按海德格尔的说法,语言之体验远比认识、利用语言重要得多。"体验"是一种"经受",即经历一事物,忍受一事物,把这事物当作撞击我们并且要求屈服、顺从于它的东西,承认它是某种自行产生、自行到来、自行出现的事物本身。"经受"一种语言之体验,就是要进入语言,顺从语言,让我们本己地被语言的召唤所触动。体验语言的关键,就是要打破人与语言之间主客相对的局面,让彼此在共同的存在本源上结成"本质而自由的关系",让存在者如其所是地"给出",即"存在者的真理的成为和发生"。③

---

① 章太炎:《规〈新世纪〉》,转引自姚奠中、董国炎:《章太炎学术年谱》,山西古籍出版社1996年版,第123页。
② 吴福辉编:《梁遇春散文全编》,浙江文艺出版社1992年版,第379页。
③ 参见郜元宝译:《人,诗意地栖居:超译海德格尔》,北京时代华文书局2017年版,第74页。

通过语言之体验，人被这样的体验所改变，找到了他本己的居所。在这一体验中，人真正进入了"思"的境界，学会"倾听"语言深处的声音，然后才有所"说"，即语言借人之口说出自己的存在。一旦实现从语言工具论到语言存在论的转化，我们便挺进了语言－存在的本体，尊重生活世界的偶然性、复杂性，恢复"言""道"不分的焕然文章之轨则；走在通往语言的路上，词与物、语言与世界，一时俱现，相互对说；"语言在说话"，语言自己"言说"，或"给出"一切，"语言是语言的作品"。中国古代"天人合一"式语言的魅力便在于此。如，《庄子》比任何一部书都更深刻地影响了中国文人的艺术感觉，其智慧语言及运行方式"显示"了一种不断掘进、定时迸发为洞见的心境，一种敞开了的"道"。

美国医学家、生物学家刘易斯·托马斯提出了一个形象的说法：语言像有机体一样是有生命的，如果说语言是庞大的身体，那么词语是构成语言的细胞，它们使语言能够站起来，自行走动。"语言会生长、演化，死后会留下化石。……不同的词语融合，然后组成配偶，杂交词和野生的复合词便是它们的子嗣。……在特定时间内某个词的使用方式是它的表现型，但它还有一个根深蒂固的、不变的意义，往往隐藏着，便是它的遗传型。"①

事实也是如此。美国汉学家安乐哲指出，古代汉语正是爱默生和怀特海所欣赏的"诗性"语言样本，美国实用主义哲学也恰恰在古汉语中找到了这一"过程语言"，并从中获得理解自我的思想资源："主流美国实用主义的思想……通过采用在翻译中国古代著作中获取了生命活力的过程语汇，那些思想要素获得了非常重要的新的诠释。"②古代汉语为西方提供了用来反观自我的新视镜，我们更应当依据汉语最为本质的特征"重写中文"，实现汉语重写的否定之否定。所谓"重写中文"，就是从现代性中拯救修复打碎的传统，重新连接内在的传达链，重新拥有中国文化语言，彰显汉语思想的戞戞独造。③

维特根斯坦有言："传统不是谁都学得会的东西，不是某个人只要什么时候愿意就能捡起来的一根线，正如你不能选择自己的祖先。"④艾略特强调"传统"是具有更广泛的意义的东西："假若传统或传递的唯一形式只是跟随我们前一代人的步伐，盲目地或胆怯地遵循他们的成功诀窍，这样的

① 刘易斯·托马斯：《细胞生命的礼赞———一个生物学观察者的手记》，苏静静译，中信出版集团 2020 年版，第 158 页。
② 安乐哲、郝大维：《切中伦常：〈中庸〉的新诠与新译》，彭国翔译，中国社会科学出版社 2011 年版，第 27 页注释 1。
③ 参见吴子林：《"重写中文"——"毕达哥拉斯文体"的文化拓扑空间》，《南方文坛》2022 年第 2 期。
④ 路德维希·维特根斯坦：《文化和价值：维特根斯坦笔记》（修订本），许志强译，浙江大学出版社 2020 年版，第 166 页。

"传统"肯定是应该加以制止的。"[①] 传统并不是简单地继承到的，而是要在文化恒量的不变流传与文化常数的恒定持续中，对传统重新阐释、翻译乃至再创造。换言之，我们必须在保持文化鲜活的血肉与灵魂的同时赋予其全新的生机与活力。如果说当下述学文体是漠视中国传统文脉、泥"洋"不化的一种"讹势"，那么，创构"毕达哥拉斯文体"则是在重新激活中国文化基因、会通古今中西的基础上，对当代中国述学文体的一次"定势"。

"毕达哥拉斯文体"秉持文化多元性原则进行创构，一方面返回中国文化之"本源"，从现代性的裂缝中拯救修复打碎的文化传统，而以语言存在论为哲学根基，以汉语为本位，倡导一种"语言之中"的写作，骈散并用，言文互补，文白结合，以个性化的语言描述生动实在、具体而微的世界，努力克服代码、符号、语言的滥用，重新拥抱充满诗性的汉语。另一方面，"毕达哥拉斯文体"的创构始于"负的方法"，终于"正的方法"，即以直觉主义创作"断片"，再以逻辑思维"连缀"成篇，而会通了中国"隐喻型"与西方"演绎型"两种述学文体，既赓续中国古代悠久的述学传统以及五四"文脉"，又融合西方传统述学文体以及"论说文"

---

① 托·斯·艾略特：《传统与个人才能》，《艾略特文学论文集》，李赋宁译注，百花洲文艺出版社 1994 年版，第 2 页。

之优长，使感受力、想象力与审美力，"语言"与"存在"彼此协和同一，走出汉语写作、述学文体建构与思想创造之困境，由此实现思想的自由与创造。

作为未来述学文体之预流，"毕达哥拉斯文体"以回答时代问题为己任，重拾"尊体"的思想火焰，在"会通"中求"新变"，在继承中寻发展，深刻体现了中国智慧。"毕达哥拉斯文体"是有文化根基的创构，其理论与实践表明：传统即创造。传统就活在当下述学文体的革新创造中，把创造出来的崭新述学文体升华到传统的高度，这是我们的当务之急。

研讨专题

1. 语言与思想之间具有怎样的关系？

2. 隐喻思维与逻辑思维的融合何以可能？

3. 谈谈"重写中文"之于文学创作与研究的意义。

4. 试比较中西书写思想之异同。

拓展研读

1. 郭绍虞：《汉语语法修辞新探》（上、下），商务印书馆 1979 年版。

2. 林语堂：《中国人》（全译本），郝志东、沈益洪译，学林出版社 1994 年版。

3. 启功:《汉语现象论丛》,中华书局 1997 年版。

4. 埃米尔·本维尼斯特:《普通语言学问题》(选译本),王东亮等译,生活·读书·新知三联书店 2008 年版。

5. 尚杰:《中西:语言与思想制度》,北京大学出版社 2010 年版。

6. 刘绪源:《今文渊源——近百年中国文章之变》,青岛出版社 2016 年版。

7. 郜元宝:《汉语别史:中国新文学的语言问题》(增订本),复旦大学出版社 2018 年版。

8. 沈家煊:《汉语大语法五论》,学林出版社 2020 年版。

9. 吴子林:《"毕达哥拉斯文体":述学文体的革新与创造》,浙江工商大学出版社 2022 年版。

10. 王琦:《当代西方书写思想之环视——以让-吕克·南希的研究为中心》,浙江工商大学出版社 2023 年版。